おもかげびと

私の愛した文学、漫画、映画と野球

大島エリ子

港の人

〈おもかげびと〉のために

山本　勉

わたしは現在、都内にある私立女子大文学部の文化史学科という学科の教員をしている。わたしの専門は日本美術史なのだが、文化史学科は歴史学を中心に、美術史・宗教史・思想史（哲学）を学べる学科である。優秀でしかも誠実な先生のそろった、とてもよい学科なのだが、ある年の新入生合宿のときに、そのとき学科主任をしていた、哲学が専門のS先生が新入生に向けて語った言葉が、みごとにわたしたちの学科を紹介していて、いまも記憶に残っている。S先生はこう語ったのである。

みなさん、入学おめでとうございます。文化史学科は皆さんを歓迎します。文化史学科で勉強できる分野は歴史・美術史・宗教史・思想史の四つです。この四つの分野はそれぞれ別の分野のようにみえますが、大きな共通点があります。それは、みな、もう死んでしまった昔の人をあつかっていることです。皆さんはいま一緒に暮らしているご家族とか、仲よくしているお友だちとか、自分が未来に出会う人とか、そういう現在や未来の人のことを考えることが多いと思うのですが、この学科ではそうではなくて、もうらんと昔に死んでしまった人のことや、いまの人が忘れそうになってしまう人、あるいはもうすっかり忘れられてしまった人のことをしっかりと調べて、その昔の人の姿や考えをよみがえらせ、その死んでしまった人と仲よくできる、そういう学科なのです。

この「死んでしまった人と仲よくできる」というフレーズがとても気に入って、わたしも別の場所での学科紹介のときにときどき使っている。考えてみれば、わたしがやっている日本美術史の研究もいまに残されている作品から、過去の、まさに死んでしまった人のなしたことを考えるしごとなのだ。

大島ｴﾘ子さんの〈おもかげびと〉のお原稿を通読させていただいて、ふと思い出したのが、この「死んでしまった人と仲よくできる」だったものだから、やや場ちがいなのだが、こんな思い出をはじめに記させていただいた。

大島さんは、十三年前に交通事故で他界したわたしの妻の高校時代の友人である。高校二年生のときのことだそうだが「史学研究会」というのを親しい女子五人くらいが集まって設立した、その中に大島さんと妻ははいっていたらしい。大島さんも書いておられるが、この「研究会」は歴史だけでなく、民俗学や考古学など、とにかく古い昔のことをあれこれと話しあうグループで、このメンバーを中心に飛鳥にも旅行したことがあったという。大島さんや妻の一学年下で、のちに県立高校の歴史の教員になるI君は、ときどきこの「研究会」をのぞいていたらしいが、「みんな〈死に神〉みたいなんですよ」と冗談めかして語っていた。メンバーが皆、昔の世界に通じていて、それこそ死んでしまった人と語り合うのを楽しんでいたのだろう。

わたしの妻は多少の人生の紆余曲折があったが、他界する十年ほど前から大学院で文学の立場から天神信仰を研究し、事故に遭ったのは博士論文の執筆中だった。妻の天神信仰の研究は、菅原道真という死者が、日本の歴史や日本人の心の歴史に巨大な影響をあたえているところに最大の興味があるのだと語るのを聞いたことがあった。大島さんと親しくなった史学研究会の頃からの死者との交流が、妻の研究の原点だったにちがいない。

大島さんの今回のご著作には、さまざまの話題がとりあげられているが、共通しているのは、大島さんがこれまでの人生で何らかのかかわりをもった過去の事象、過去の人びとに対するきめこまかな愛情である。大島さんもまた、お若い頃からの死者との交流をご自身のやり方で楽しんでこられ、またそれを書き残すことに研鑽を積んでこられたのだろう。

忙しい生活のなかで、ともすれば思い出すこともなく忘れ去られてしまう、かけらのようなものごとや人を、大島さんはどこかから取り出してきて、それらの一つひとつを愛おしむように記述なさる。筆致はかろやかでときにユーモラスであるが、広い関心と深い教養に裏付けられたまなざしは確かな重みをもっている。大島さんによって書き留められた過去の事象も過去の人びとも、やわらかな光のなかであたらしい永遠の命をあたえられているように、わたしには思われる。

大島さんの今回のご著書に序文をもとめられたことをたいへん光栄に思う。大島さんの今後のますますのご健筆をいのってやまない。

（清泉女子大学文学部教授　日本美術史）

多様性と熱気

菊田　均

　作品集全体を俯瞰してみると、「多様性」という言葉が浮かんでくる。何が多様なのかと言えば、題材が多様なのだ。

　作品Aと作品B、作品Cの三者があったとして、三者間の関係が読む者には今一つわかりにくい。A・B・Cはそれぞれ独立している。

　今回、こうして作品集が生まれるわけだから、全ての作品を統括する「作者」は確かに存在している。作者と作品Aとの間には何かの関係はあるはずだ。作品B、作品Cも同様だ。

　題材が多様な理由はわからない。ただ、「器用に何でも対応できる」というのではなさそうだ。器用な書き手は世の中にありふれているが、この作者はそういうタイプではない。関心の幅が広いのかも知れないし、あらゆるテーマに貪欲なのかも知れない。そこのところはよくわからない。

言えることは、多様多彩な題材を扱う自分自身への関心が作者の中で低いという点だろう。「この作品を書いている自分とは何か?」といったことへの問いや言及が少ないのが特徴だ。

そんな中、この作品集の表題ともなった「おもかげびと」は少しばかり様子が違っている。親や親族が題材になったこの作品は、作者の「私」が直接出て来ざるをえない。作者は両親の「子」である以上、両親について語る場合、「正体不明のX」であり続けるわけにはいかない。「親に対する子」(自身)を何程かはさらすしかないのだ。

子が親のコピーならば、親は子のオリジナルだ。オリジナルとコピーが似ているのは当然だ。親はなにほどか自分である以上、子が親について語る時は「赤の他人」を語るのとはおのずから違って来る。どこかで自身に言及しないわけには行かないのだ。

当然、親子を含む一族は架空のものではなく、歴史的事実だ。その事実は回避することは困難だ。他人事のように突き放すことはしにくい。

親や親族が社会的存在である以上は、彼らは社会的な位置づけを持つ。作者もそれに明確に連なっているのだから、作者である自分もまた社会の中の存在ということになる。「自分対親族A」という関係に作者は直面せざるをえない。そのことを確認しながら書くのだから、一族について記述するという行為そのものが、作者の「私」を露出させるのだ。

子が親を選ぶことはできないから、親子関係は宿命めいた因縁を含んでしまう。そうした厄介な因縁を頭の中でコントロールするのは難しい。あまりにも身近な人間関係であるだけに、親しみもうっとうしさもひっくるめて、重くてやっかいなテーマになるしかない。

親二人、親の兄弟（伯父伯母・叔父叔母）もいる。その子たち（従弟）もいる、親の親（祖父母）四人、そのまた親、果ては先祖代々……。一族と一口に言うけれども、多くの登場人物が存在する。「おもかげびと」にそれら全てが描かれているわけではないが、彼ら少なからずの関係者たちは、作者の頭の中のどこかでは一定の位置を占めているはずだ。

親族について書くならば、時には調べる必要が生まれて来る。情報を得ようとする作者の様々な活動そのものが（文面に出ていない場合でも）人間的手応えを生む。

そうしたやりとりに直面しながら書くしかないのだから、結果としてこの作品からは、独特の熱気が感じられる。熱気を感じさせることの少ない作品が多い作者にとって「おもかげびと」は、その意味で特異な作品だ。

一族・血族そのものが発する熱気もあるだろうし、作者の中でそれに応対する気持ちも生まれるだろう。そういう中で、「ここのところはキチンと言っておきたい」という意欲も生まれたはずだ。その意味で「おもかげびと」は、作者にとっては珍しく、人間関係を描いた作品だ。

司馬遼太郎を論じた作品も面白い。主人公である土方歳三を差し置いて、沖田総司の「無垢」に迫っている。例えば小林秀雄にあって「無垢」は、源実朝やモーツァルトだったが、沖田総司という剣豪らしくない剣豪も、「無垢」の系譜に連なることはよくわかる。沖田の無垢を言うためには、彼の生きていた環境（歴史）がとらえられていなければならないのだが、がそこのところは抜かりはない。

沖田論にも、自分を語ることが少ない作者の「私」が珍しく露出している。「無垢」への言及は、「自分は無垢であることができない」と自覚した作者の願望なのか、それとも別の何かなのか、そこのところは今後作者自身によって解明してもらうしかない。

（文芸評論家）

おもかげびと

私の愛した文学、漫画、映画と野球

目次

外国映画の中の日本人

『ブラック・レイン』をめぐって

（1）イメージの中の変な日本―1

外国の映画やフィクションに描かれる日本や日本人は、当の日本人から見るとどことなく変で、現実とはずれたものであることがほとんどです。たとえばアメリカ人の目から見るとこう見えているのか、あるいは、日本とか日本人のイメージとはこういうものなのか、などと感慨にふけりつつ、またあまりの勘違いに大笑いしながら見るという楽しみもあります。

特に一九八〇年代以降、日本に関する情報は以前と比べ大量に、リアルタイムで流れるようになり、世界的な情報化も進んだため、日本の現状を正確に把握して反映した映像とか日本人のキャラクター作りも見られるようになりましたが、やはり古典的な日本に関するイメージの縛りというのもけっこう強く感じられることがあります。

日本は世界中でも珍しい、血液型でいえばA型が多数派の社会なので、よその人から自分がどう見られているかを相当気にするし、それを知って相手の望む姿になろうとする傾向があるかと思います。もっとも、世界的には日本に関心を持って見ている人たちなど大していないのが現実なのですが……。日本の現代文化に関心を持っているのは圧倒的にアジアの国の若者たちですが、なぜだか日本人はアジアの人の目はほとんど気にしていなくて、どちらかというと欧米人の目ばかり気にしているという傾向が感じられます。

アメリカ映画は日本・日本人を扱ってきた歴史がまだしも長く、実際にいろいろと交流もあるので、「現実にはどこにもない、外国人のイメージの中にだけある見知らぬ国・日本」といったトンチンカンな日本像はさすがに最近はほとんど見かけなくなりましたが、細かいところは違っていることが多くて、やっぱり異次元の世界という感じがします。

いつぞや、ビデオでドイツ映画『ベルリン忠臣蔵』という作品を見たことがありますが、これがクラシックなサムライ・フジヤマ・ゲイシャ・カミカゼ・セップクの異次元日本もどきのイメージそのもので、しかもそれをあくまでも大真面目にシリアスに、ドイツ的重厚さの映像で展開するものだから、俳優さんたちが真面目にやればやるほど笑えて仕方なかった、という記憶があります。

(2)外国映画の中の日本人男性

さて、こちらでテーマにしたいと思っているのは、外国映画の中で日本人男性がどのように描かれているか、ということですが、私が今まで見たところでは、大きく分けて四つの典型的パターンがあると思います。一つはサムライで、歴史ものに出て来る、かの三船敏郎を代表とする武士のイメージです。たとえば安土桃山時代を背景にしたハリウッド映画の「将軍」あたりで武士が使われていましたが、秀吉と家康がまるで現代のサラリーマン同士のようにおじぎをして挨拶するなど、日本人から見ると時代考証無視もいいところの場面も多多見られました。

もう一つは日本兵ですが、こちらは主として第二次大戦を扱った映画に出て来るものなので、昔のアメリカ映画におけるナチス・ドイツと同様、基本的に悪役です。特に、アジア映画における日本兵というのは、とりあえず悪役が必要で適当な人材がいなかったからこれにしておこう、ぐらいに引く手あまたの大人気？　で、血も涙もない非人間的なサディスト、といった悪役として分かりやすいキャラクター設定のことがほとんどでした。割と最近の中国映画の『紅いコーリャン』などでも、伝説の中の悪役、といった扱い。珍しいものでは、スピルバーグ映画で大戦中の上海を舞台にした『太陽の帝国』で、主人公のイギリス人少年の憧れの存在として零戦に乗った日本人飛行士、というキャラクターがありました。礼儀正しくおとなしい日本人、日本兵がアジア映画で出て来るのを見たのは、台湾のホウ・シャオシェン監督の『悲情城市』あたりでしょうか。

三つめのカテゴリーは「ヤクザ」、ジャパニーズ・マフィアです。これについては後で詳しく述べることにしますが、代表的な俳優としてはやはり高倉健が国際的にも知られるヤクザのイメージキャラクターでしょう。

サムライ、ヤクザは日本人としての特徴を極めて分かりやすく表現するのに適当なキャラなのでしょう。たとえば東洋系男性一般にアメリカ映画が期待する役割として、精神的な要素の強い、神秘的な東洋武術家、というものがありますが、カラテや少林寺拳法、テコンドー、忍術に至るまで、どこか超能力的に受け取られているふしもあります。アクション映画にはひっぱりだこの東洋系武術家キャラは、日本人の場合にはサムライ、ヤクザに通じる系譜かと見られますので、ここではサムライのカテゴリーとして考えることにします。

最後のカテゴリーは、最も現代の日本人男性に近いその他のキャラクターで、サラリーマンなど普通のお人好しの日本人男性一般、といったところでしょうか。『ダイ・ハード2』で、ビルのオーナーの金持ち役が日本人男性でしたが、存在感が薄くいかにも人が良さそうで、最初にテロリストに襲われて犠牲になるという気の毒すぎる役でした。そういった、善良な被害者役で最初だけちょっと出て来る、といった日本人の使われ方も八〇年代後半以降からはちょくちょく見かけられるようになりました。

（3）イメージの中の変な日本――2

さて、外国映画の中で日本人男性が演じる典型的な役のうち、サムライ、日本兵は歴史的なもので現在は既に存在しません。いわゆるヤクザの実態も、現代においては映画に出て来るようなイメージとは大きく変質している、というより、もともと映画のイメージと現実とは全く違うものなのですが……。

まあ、そもそも、映画やフィクションと現実との関係は、現実を正確に映し記録することが目的ではなく、作り手やその作り手が観客として想定する層が「こう見たい」あるいは、「こうイメージしている」「こうあってほしい」という姿を映像や言葉で描写しドラマトゥルギーを強化することが目的になっています。ですから、見ていてどうしても退屈な現実そのものとか、数字統計、記録写真などとは違ったもので、観客の関心をひく程度には誇張されたり省略されたりしているのは当然のこと。ただ、外国映画の場合には、その想定された観客が外国人で、その外国人の心の目で見た日本が映し出されている映画の映像を見ると、当の日本人としてはさすがに現実を知っているだけにリアリティを感じることができず、「ここはいったいどこ？」となってしまうのも自然なことでしょう。

ですから、「ここ間違ってるぞ！」「こんなの日本にありませんよ！」などと、いちいちクレームをつけるような不粋なことをしたいとは思っていないのです。ただ、よく知らない遠くに住んでいる人たちって、われわれのことをこういう風に思ってるんだなあ、とか、日本のことなんて全然関心なくて漫画的解釈していて十分生活していけるんだなあ、などと、それはお互い様なことなので、誤解を楽しむ、というまた別の楽しみ方がこういう場合には日本人には用意されているわけです。現代の日本人の多くは、「こんなことも知らないなんて」と知らないことを恥じたり、そういう人をバカにする風潮がありますが、当の自分たちのこともこんなにも知られていない、ということについて、外国人に対してはバカにできず、むしろ相手の関心をひいていないことを自分で恥じたりする傾向がまたあるのも不思議なことです。

（4）イメージの中の変な日本―3

欧米の映画で日本を扱っているものの中で、日本のものと他のアジア諸国、中国や韓国、極端な場合には東南アジア、ポリネシアあたりの事象までが混じってしまっている、という場合も、特にアジアに関する情報の少なかった七〇年代以前の映画では珍しくありませんでした。実際に、欧米の普通の人と話していると、外見からも日本人、中国人、韓国人は区別がつかない、とよく聞きます。それは私たちのほとんどが、特にアフリカ系の人たちが部族までは外見から区別がつかないとか、アメリカ人とイギリス人の外見からの区別がすぐにはつきにくい、というのと同様でしょう。

そこで、キャラクター設定を外見上はっきり見分けをつけさせるために有効な「これぞ日本人男性！」という典型が、たとえばサムライ路線ということになるのでしょう。そうでないと、あちらの大衆的観客の目からは、アジア人は全部同じに見えてしまって、風景に溶け込んでしまうから、ということですね。そんないかにもの典型的日本人など、現実の日本には既に存在しない、という事実はこの場合関係がないわけです。優先すべきは、いかに印象的で観客の思い入れができるキャラクター設定をして、ドラマ性をひきたたせるか、ということなのですから。「現代の日本について正確に記録し伝えます」などと良心的な目的を持って作る記録映画もあるかもしれませんが、そういうものはどうしても、日本について研究している玄人の人など以外には退屈でつまらない、となってしまうのは必定です。

それでも、八〇年代以降、現実の日本人が海外で活躍したりして、海外の普通の生活者たちの目にも触れる機会が多くなり、ニュースなどのリアルタイム映像で日本の都会の風景などが時々流されるようになってくれれば、海外の大衆の日本・日本人イメージもより現実に近くなってきて、あまりにも突飛なキャラクター設定は却ってリアリティを失ってくる。特にアメリカ映画の中での日本人キャラが現実の日本人にだんだん近付いてきたのにはそういう事情があると思います。

(5) イメージの中の変な日本―4

さて、「オリエンタル」「エキゾチック」という古典的な日本や東洋のごった煮イメージは、現実の現代アジアの事情が情報として広がるうちにリアリティを失ってそのままでは使えなくなりましたが、いわゆるクラシックな「エキゾチック・ジャパン」のイメージは、たとえばビジュアルのデザインそのものとして切り離して見た場合には、それなりの捨てがたい魅力があるのです。事実とは違うから間違っている、それは大昔の認識だ、と変に生真面目な人たちがクレームをつけてくるので現代映画ではちょっと使えなくなりましたが……。

そういう昔懐かしい「エキゾチック・オリエンタル」のビジュアルデザインが有効に使われていたのは、八〇年代以降の映画では、たとえば『ブレード・ランナー』のような近未来を描くB級SF映画でした。未来の話にビジュアルデザインとして用いているのだから、荒唐無稽だろうが現実とずれた日本や東洋だろうが構わないではないか、という目のつけどころです。『ブレード・ランナー』はかのサイバーパンクSFの先駆者フィリップ・K・ディックで、彼自身、SF小説の中で、近未来の日本を扱った『城の上の男』という作品があるほどですから日本にはかなり関心を持っていたようです。

その後八〇年代アメリカSF界の主流になってしまったサイバーパンクの作家たちのうちでも、リーダー格のウィリアム・ギブスンなどは、やはり相当の日本通です。一九四九年生まれでベトナム戦争の徴兵逃れでカナダに亡命したというギブスンこそが、「サイバースペース」という言葉と概念の生みの親。彼ぐらいの世代となると、古臭い日本のイメージの縛りからはまったく自由で、たとえばあやしい半導体の秘密工場や闇マーケットをアジア的混沌の近未来都市チバ・シティに設定したりするというセンス……。『ニューロマンサー』から続くサイバースペースシリーズの中には、「ヤクザ」の父親を持つ日本の美少女クミコを主人公にした作品があるほどです。

(6)『ブラック・レイン』──1

『ブレード・ランナー』で背景となっていた近未来無国籍都市のオリエンタルな風景は、アメリカ人の若くて先鋭的なセンスの人たちにとっては「おっしゃれー」なものとして当時映ったようで、サイバーパンク的近未来都市の姿としてオリエンタルなビジュアル要素を加えることがその後よく見られるようになりました。欧米の都市のように都市計画がしっかりしていない、古いものと新しいもの、伝統的なアジアと西欧的近代的なものとがごった煮的に混在する日本の大都市の風景は、カオス的な雰囲気で外国人にとってはインパクトが強く興味深いもののようです。

サイバーパンクSFの描く近未来映像の重要なファクターとして、「混沌」と「ある種の退廃」「あやしげな雰囲気」がありますが、オリエンタル、エキゾチックはそれを表現するのに最適な道具だったのでしょう。また、現実として、二一世紀には中国をはじめとするアジア諸国の経済的発展が誰にでも予想できることなので、近未来を描くときにアジア的要素を抜かしてはリアリティがない、ということもあったかもしれません。

さて、ここでようやく、『ブラック・レイン』に話が到達します。リドリー・スコット監督は、NYと日本を舞台にしたジャパニーズ・マフィアとNY警察、日本警察の闘争を描くアクションものを企画した時、背景とする日本ロケの都市風景としては、『ブレード・ランナー』に出ていたような混沌としたアジア的風景を想定したということです。彼が実際に日本に来てロケの風景を探した際、東京はどうも近代化西欧化されすぎ、整備されすぎた雰囲気で風景に有機的な匂いがしなかったので、大阪を選んだ、ということを雑誌のインタビューで話していました。アジア的な魚市場、マーケットの雑踏、道頓堀のそれぞれに存在を主張するネオンや張りぼての広告などなど、まさしく『ブレード・ランナー』的近未来無国籍都市の風景そのものです。

(7)『ブラック・レイン』―2

『ブラック・レイン』における松田優作の演じたジャパニーズ・マフィア・サトーは、アメリカ映画で日本人が演じた悪役キャラとして、たぶん最高峰といえるのではないかと私は思っています。無表情で口数が少なく、感情や考えが読めない、無気味な存在感のある東洋系男性の悪役……それは無口な東洋系武道家やサムライの系譜をひいていながら、スタイリッシュなダークスーツやコート姿が実に現代的に格好良くセクシーで、オリエンタルらしい繊細さも合わせ持っていて秀逸でした。

また、静かでクール、無表情な彼が、ここぞという時に見せる凶暴な表情は、普段の静けさとのギャップが大きく、これが「殺気」というものか、と改めて気付かされたのでした。存在だけであたりを払う、「殺気」を漂わせることのできる日本人の俳優さんが昨今は少なくなってきました。松田優作はむしろ、韓国映画のスター俳優であるアン・ソンギに雰囲気が似ているところがありました。ふだんはぬぼっとしていて妙に三枚目風のユーモラスな雰囲気もあるのに、ことという時の凶暴さ、殺気がものすごいのです。

やはり東洋系でニューヨークのチャイニーズ・マフィアを扱った『イヤー・オブ・ザ・ドラゴン』という先行作品がありましたが、こちらの悪役でその後大スターになったジョン・ローンの場合は、英語のセリフも多く、考えていることも感情も割と伝わる役であったので、主役・ライバル役のミッキー・ロークが癖が強く観客の反感を呼びやすいタイプだったのも幸いし、より観客の感情移入のできるキャラクターになっていました。しかし、日本の若手ヤクザ・サトーの場合には、日本語のセリフさえ少なく、彼自身が日本のヤクザ組織の中でも異端的な存在で、大ボスたちにけむたがられているという設定であり、よけいに不気味な気配が漂っていました。

彼を追いかけて日本に来るアメリカ人刑事がマイケル・ダグラスで、日本側の刑事役が日本映画におけるミスター・仁侠の高倉健、この二人の友情話も並行して進んでいくので、確かに大阪でありながら細部がどこかおかしなカッコつきの「日本」も、二人の「いいひと」キャラぶりで微笑ましく感じられるぐらい……。

松田優作はこの『ブラック・レイン』の鬼気迫る演技をほとんど遺作のようにして、まだ三〇代の若さでその後すぐに旅だってしまいましたが、彼も生きていればジョン・ローンのようにハリウッドの主役を張れるような俳優になれたのかもしれない、などと死児の年を数えるようなことをしてしまうことがあります。彼の役名「サトー」は、日本人に最も普遍的な名前としてつけられたもので、むしろ匿名に近いのですが、彼のあの黒ずくめの殺気漂う姿ばかりは、強烈な存在感を持って、大阪の風景を思い出すたびにありありと目の前に浮かんでくるのです。

佐藤史生の作品世界

夢見る惑星—1

佐藤史生（しお）という漫画家の絵と名前を見た時、この人は女性だろうか、男性だろうか、と疑問でした。吉田秋生、萩尾望都についてもそうで、一見性別の分からない名前の漫画家の場合、私から見て個性的で面白い作風の人ばかりだったので期待してしまいました。意識的に中性的なペンネームをつけていた人もいたようで、あまり少女漫画の枠にこだわらない作風をめざしていたからだということ。絵柄もダイナミックだったり（悪くすると荒っぽい場合も……）、少年漫画風だったり、「男の子」的要素が強い傾向がありました。こういう人たちは、「女流漫画家」として偏見の目で見られることを嫌っていたのだと思います。佐藤史生の絵も、特に初期の頃は相当硬さがあって、絵柄が好みに合わない、という人にはあまり読まれていませんでした。ストーリーも複雑で難解、哲学・宗教用語や今でいうIT用語まで出てくるので、一般的には読みにくくとっつきが悪かったようです。

佐藤史生の場合、ペンネームの由来は、名前を考えていた時にたまたま目の前のテーブルを見たら、砂糖と塩が置いてあったためだということ。めんどくさかったので「さとう・しお」に適当に漢字をあてて、そのまま使ってしまった、とどこかの対談で彼女が語っていました。漫画の難解さと大きなギャップのあるこのすっとぼけたはずしようも、いかにも感覚が二四年組（団塊世代）の次の世代（昭和三一年生まれ）らしい分かりやすさです。

七〇年代後半に主として「少女コミック」や「花とゆめ」、「LaLa」あたりに描いていた一部のマニアックな漫画家たちの中には、このように、絵柄は硬かったり技術的にはいまひとつでも、ストーリーやテーマがものすごく良くて、読むほどに味が出てきて繰り返し読みたくなる、という作家が何人もいました。『はみだしっ子』シリーズの作者・三原順などもその典型で、彼女は絵が硬くてうまくなかったため、何十回となく新人賞に落ちたとのこと。今ならばまずプロデビューはできなかったと思われるので、彼女の作品をリアルタイムで商業誌で読むことのできた私たちは幸せな読者というべきかと思います（三原順はその後若くして亡くなってしまいました）。

佐藤史生は、最初は萩尾望都のファンの一人として彼女の家に入り浸っていた常連で、居候に近くなり、いつも一人で部屋の隅で難解な本を読んでいたけれども、やがて自分でも漫画を描くようになった、と萩尾望都だったかどこかで語っていたような……ともかく、もともとは活字的な人で、絵の方は後から修業するようになった感じです。アイディアやテーマ、それにキャラクターが実にいいのに、絵の技術がついていかなくてもどかしい、という雰囲気が伝わってくる彼女の作品は、読みにくさがまた魅力でもあり、難解なネームと、一見下手に見えて実は計算されたへたうまに近い絵のはざまから意味を読み取るのが楽しみでもあって、つい何でも一生懸命読んだり見たりしてしまう私のようなタイプの読者には有り難い作家でありました。

（2）『金星樹』

『金星樹』（一九七八）は、佐藤史生の最も得意とするＳＦファンタジーに恋愛ものを合わせた作品で、よくあるタイム・パラドックスもののラブストーリーのうちでも一風変わった設定とアイディアが当時として新鮮でした。

宇宙の事故で両親を失った少女ネネの父親がわりになって育てた宇宙飛行士マッキーは、美しく成長したネネへの秘かな思いを断ち切るため、金星探査船に乗り組み金星へ向かいます。やがて帰還した探査船アフロディテが金星から待ち帰ったのは、「時間」に影響を与える不思議な植物アリエル。飛行場に降りた探査船を覆った金星樹アリエルの空間にとらえられたマッキーは、探査船から降り立ってこちらに歩いて向かう姿のまま、動きが止まって見えます。金星樹に覆われた空間の中では、時間の流れが極端に遅くなるのでした。
金星樹の広がりを抑えるため、マッキーをその中に取り残したまま、透明のシールドでアリエルの周りを囲んだ基地の人々は、シールドの向こう側からこちらに走ってくる途中の、ほとんど止まって見えるマッキーを助けるすべもなく見つめるだけです。

彼は走る　その二六メートルの歩道を一〇秒とかからずに
何ごとが起こっているのか考えているヒマもなく
彼は走り終えるだろう
だが　我々にとっては　それは気の遠くなるような長い道のりだ
およそ九五年——　それがこちら側における彼の所要時間である

同い年の婚約者・アーシーの気持ちを受け入れながら、やはり心の底ではマッキーを愛していたネネは、アーシーとの結婚前夜、彼にマッキーの世界に行きたいと告げます。アーシーは自分の感情を抑えて、ネネの本当の幸せを考え、ネネをマッキーの走るシールドの向こうへと送りだすのでした。

きみはこの世界をすてていかなくちゃならない
帰るころにはすべてが遠い過去になっているだろうから

シールドの中に入ったネネは、向こうから走ってくるマッキーに向かって走り、二人は瞬時に出会って固く抱き合うのですが……。

ほんとに動いてんですかね……？
ここに配属されて五年になりますが　ずっとああやって抱き合ったまんまですよ

四五年後、基地の司令官としてシールドの中の二人を見守る老人になったアーシーは、部下の青年が尋ねる言葉にこう答えます。

ああして出会うまでに四〇年ばかりかかってる　ま大目にみるんだね
彼らは手をとりあって　残る道のりを一気にかけぬけるだろう
それでも　帰りつくのに　ゆうに三〇年はかかる

多くのタイム・パラドックスもののラブストーリーが、愛し合う恋人どうしの悲劇的なすれ違いを描いているのに対して、こちらはむしろ、愛の絶頂の時間をほとんど人間の一生の時間と等しくしてしまっているところに驚きを覚えました。愛し合う恋人が駆け寄り出会い、歓喜のうちに固く抱き合い、手を取り合ってこちらに駆けて来る、そのほんの三〇秒に満たない至福の時間、それが永遠と同じであったら……。

この時、タイム・パラドックスもののラブストーリーが、恋愛のある本質を言い当てていることに気付かされるのです。……つまり、同じ時間を生きることこそが、愛し合う恋人どうしの条件であることを。

愛の至福の時間を永遠のように感じるのか、あるいは、一瞬のことのように感じるか、一生の時間と等価と感じられるのか、二人だけが共有するその時間は、まさしく一炊の夢、であるのでした。

(3)『ワン・ゼロ』

SFを少女漫画に取り入れたのは、最初はやはり手塚治虫など男性のカリスマ漫画家であったと思いますが、ファンタジーや性の問題をクローズアップした、いわゆる六〇~七〇年代フェミニズムSFや、ニューウェーブSFなど、ソフトな感触のSFを取り入れたのは、萩尾望都、竹宮恵子といった二四年組であったでしょう。

日本の女性がリアルタイムで主としてアメリカのSFを読み込むようになった恐らく最初の世代が二四年組のあたりだと推測します。萩尾望都や竹宮恵子の作品には、レイ・ブラッドベリのような文学的・感傷的SFファンタジーや、正統派未来小説SFのハインライン、アシモフ、そしてスペースオペラ、といった昔懐かしい古典的五〇年代、六〇年代SFへのノスタルジーが既に見えていました。

佐藤史生の世代となると、そういった古典的SFのパターンはすべて網羅したうえで、近未来SF、サイバーパンクまで取り入れてしまっていました。彼女の作品はほとんどがSFですが、タイムパラドックスから近未来もの、ファンタジー、現代の文明の前に地球上に高度な第一文明が存在したという設定の第二文明もの、ミュータントものなどなど、古典的プロットの本歌取りが自由自在になされている感じがします。逆にいえば、そういったSFの古典の知識ベースを共有していない読者には、少々とっつきにくい作品傾向だったかもしれません。

『ワン・ゼロ』はまさしく近未来サイバーパンクの世界そのもので、「マニアック」というスーパーコンピュータによる神探しのプロジェクトを描いています。これがあのエニアックをひとひねりしたネーミングであることは一目瞭然で言うまでもないことですが、今は既に過去になった一九九八年という近未来を舞台にしたこのストーリーが八〇年代にできていて、ちょうどあのカルト教団の事件と妙に一致するような、予言的？　内容だったことが、今思い出すと不気味な感じもしてきます。

眼鏡をかけてクールに物事を突き放して見る一見秀才風の少年、いわゆるオタクが主人公になっている少女漫画、というのも、私の知る限りにおいては当時として珍しく、脇役としてなら古典的キャラクターだったこのタイプを、少女漫画のヒーローにできるほど身近に感じられるようになった女性の最初の世代は、やはり佐藤史生のあたりではないか、と思っています。オタクのキャラクターは、それまでまずヒロインの恋愛の相手にはなりえなかったので（何しろ何ごとも傍観者になって、現実を相対化することこそ彼等の役割なので）、ヒロインの女の子のキャラクターがお転婆で頭の回転の速いしっかり者、という設定の佐藤史生の漫画の世界ででもなければ、決してリアリティを持ち得なかったでしょう。

（4）『夢みる惑星』―2

『夢みる惑星』は、古代文明もののファンタジー長篇で、佐藤史生の代表作の一つといえるでしょう。はるか古代、翼竜に乗り空を飛ぶ部族の作った都アスカンタを舞台に、王家の王子・王女、神官、芸人、戦士たちが織りなすドラマは、たとえばル・グインなどのファンタジーSFを読んで育った私のような読者にとっては自然に入りやすい世界でした。

この作品を描いていた頃には、佐藤史生の絵の硬さがだいぶ取れてきて、初期の頃とは目に見えてキャラクターが描き分けられ、微妙な表情も絵で伝えられるようになっている感じがしました。相変わらず背景は真っ白だったりするコマが多かったのですが、ファンタジーの世界に素直に入り込めるようなタイプの読者にとっては、あまり細密な描写は却って自分の想像力を働かせて楽しむ邪魔になるので、キャラクターの魅力さえ出ていれば、あとは十分に空想の余地を残してくれて、技術的にはへたらまなぐらいの方がむしろ愛着が湧くものなのです。もっとも、これは一般の多くの人にはなかなか理解されない感覚だということを、私は恥ずかしながらだいぶ後になって知りましたが。多くの人は私のようにムダな想像力を持っていないので、想像力で補う必要のない分かりやすさが好きなようなのです。

主人公の銀の髪、銀の瞳の王子イリスは、戦士でもある国王モデスコと、その実の妹との不義の恋から生まれ、幻視者エル・ライジアによって育てられます。イリスは父王の死後、腹違いの弟タジオンに王位を譲り、数百年間廃止されていた精神的指導者・大神官としての任につきますが……。

イリスの女性的な美貌ともの静かで控えめな性格は、父王そっくりの勇敢な戦士で直情型の弟ギデオンとは好対照をなしています。婚約者の姫がイリスに惹かれていることもあり、父王の愛情をイリスに独占されたと思っているギデオンは、ことあるごとに兄にライバル意識を燃やすのですが、イリスは挑発に乗ることはありません。意外にさめていて小さな策を弄するところもあるイリスを批判したり呆れたりしつつ、ギデオンはやはり兄の自分とは違った力を認めていて、心の底では肉親の愛情を抱いているのでした。

イリスの側近の一人となる、黒い肌に金髪の戦士族ベニ・アスラの族長の息子カラ、暗殺者モロー一族の末裔で、イリス暗殺を依頼されたけれども逆に彼に救われ従者となる寡黙な青年ゲイル、幻視能力を持つしっかり者の舞姫シリンなど、魅力的な登場人物が配されて、ストーリーはアスカンタに迫る地殻変動による破滅を予測し、そこから人々を救うために遷都を敢行しようとするイリスと、対立する人びととの葛藤、といった大きなテーマにフォーカスしていくのです。

（5）『一角獣の森で』

ミュータント・テーマは、古典的ＳＦの定番テーマの一つですが、七〇年代少女漫画にはこれを取り入れたものがよくありました。ミュータントとは、言うまでもなくいわゆる「新人類」のことで、突然変異で生じた新種の人類。多くが超能力を持つとされます。竹宮恵子の『地球へ…』などはその代表的なもの。佐藤史生は、ミュータント・テーマSFのスタンダードなプロットに自在にひねりを加えて、その奇想に目を見はらされる時があります。『一角獣の森で』は、破壊能力を持つために人間に追われるミュータント・シーヴァを追跡して彼の隠れる古い屋敷に潜入した女性ハンター・メリージェンが瀕死の重傷を負い、死を覚悟したシーヴァの願いで最後の一週間を二人きりで過ごすうち、敵であった彼にいつしか惹かれていく、というストーリーです。

メリージェンはミュータントの起こした事故で弟が植物状態になり、その莫大な治療費を払うためにミュータント狩りをしているという事情があり、ミュータントであるシーヴァは憎むべき敵なのですが、彼が危険でどう猛なミュータントのイメージとはかけ離れて繊細でもの静か、女性的な美貌でユーモアセンスさえ持っていて、子供の頃から人間に追われ続け、緊張と孤独に満ちた逃亡生活を送っていたことを知り、共感さえ覚えるようになります。

「え……ああ　そのサディスティックな服ねえ　どうも気になって……着がえてくれな

いかなア」

「ないわよ着がえなんて！」

「あるよ　母の服だけど衣装ダンスにたくさん　すきなのを選びたまえ」

「そんなの約束しなかったわ！」

「そうモロにハンターハンターしていられたんじゃこっちの心臓に悪いんだよ」


こんなやりとりもおかしく、シーヴァのひとときの恋人役になったメリージェンは、戦闘用の服を着がえてレースやリボンのついた女の子らしい服を着て、最初は居心地の悪さや照れくささを感じつつも、やがて本気で女性として彼を愛するようになる。既に彼を捕える気持ちをなくしたメリージェンは、彼に逃げるよう勧めるのですが、シーヴァは驚くべき告白をします。

「ただ逃げても仕方がないんだ　結局大切なのはぼく自身じゃない
　管理局が血まなこでまっ殺を計り　ぼくが必死で守ろうとしてきたものの本質は　つまり——ぼくの生命そのもの　ぼくの遺伝子に刷りこまれたぼくの種だ
　それさえこの世にのこせば——

きみが追ってきたとき　一つの希望が生まれたんだ
きみならそれを逃がすことができる　ぼくの子孫として
未来へ――」

メリージェンは彼の本心を知り、その気持ちを受け入れて、彼の子供をひそかに産み育てる決心をするのでした。
シーヴァは断種され脳手術を受けて全ての記憶を失いますが、メリージェンは息子と草原で戯れながらこう彼に語りかけます。

「わたしがほんとうにあなたにあげたかったものは　わたしの心　わたしの心に呼びさまされた愛です
それを呼びさましたのは他ならぬあなた自身だということ
何にもかえがたく大切なのはあなた自身だということ
シーヴァ　もうだれも　なにも　あなたに追いつけないわ」

この哀感と不思議な明るさに満ちたエンディングは、ミュータント・テーマのこの種のS

Fにありがちなパセティックな、時には独善的にさえ見える悲劇性を薄めて、いい意味での女性的な感覚が感じられ、私にとって忘れられない作品のひとつとなっています。

（6）『星の丘より』

ミュータント・テーマの変種？　の一つとして、『星の丘より』という作品がありますが、こちらは人類こそがミュータントだった、という逆転の発想。それ自体はSFでは珍しくないテーマなのですが、当時（一九七七）の少女漫画としては瞠目のアイディアでした。
太古の太陽系第四惑星、つまり火星の王国に、一人の王子が生まれます。彼は火星の人間がみな備えている心話（テレパシー）の能力が欠落したミュータントでした。テレパシーの通じない、寿命の短いミュータントが次々と生まれるようになり、火星では社会問題になっていたところ、ついに王家にもミュータントの赤ん坊が生まれてしまったのです。

「どうしてこんなにお泣きになりますの？」
テレパシーが届かない王子のおもり役の乳母が困惑して宰相に尋ねます
「不安なのだよ　テレパシーがないということは孤立無援ということだ

父母のいつくしみも仲間のはげましもとどかない
ひとりひとりがばらばらに切りはなされ　みな孤独なのだ」
「一生　そうして生きるのですか？　一生不安と孤独のなかで
なんておそろしいのでしょう
それでは寿命の短いのはせめてもの救いですわ」

それでもノーマル（正常人、つまりテレパシーの通じる人々）の中で慈しみ育てられた王子は健康で感性豊かな少年になり、やがて衰退する火星を捨てて地球に移住しようとする二万人のミュータントたちの統率者としての役割を期待されるようになります。

ミュータントたちはテレパシーに頼れない分、科学を発達させ、地球移住の計画を立てていたのでした。火星の文明は衰退していきますが、となりの星、美しい青い地球で生きてゆくであろう子孫たち――ミュータントの移住者に、ノーマルの火星人たちは未来への希望を託すのでした。そして、彼らミュータントこそが、今の人類の祖先となったのです。

人類もまた、火星においてはミュータントであった、というノーマルの基準の相対化、テレパシーが通じる、つまり言葉なしでも心の通じ合う、乳児期の母子関係のような共同体が、やがて一人一人が孤立し切り離された、心を通じ合うことの難しい人々の集団となっていく、というストーリーも、たとえば子供が大人になっていく過程を象徴するように読むこともできます。孤独こそが人類の人類たる最初の特性であった、というのも、何やら象徴的な気がして、少女漫画の閉ざされた世界がやがてより一般化してゆく節目の時代を映しだしていたようにも思うのですが、そこまでは私の読み過ぎかもしれませんね。

「ジュシィアンとマーティン」江戸川留生

2019. 3/15.

『火星年代記』のことなど

（1）火星シリーズ

最初に読んだSFは何だったか、ちょっと思い出せません。たぶん、ハインラインあたりの宇宙人ものだったのではないかと思います。小学校三、四年ぐらいだったでしょうか。児童向け書籍のSFを能登の町の本屋さんや図書館で読み漁っていました。一九六〇年代の半ば頃のことなので、そうするとやはり主流はアメリカ五〇年代SF、スペースオペラ、といったところです。テレビでは手塚アニメ以前はあやつり人形劇の「宇宙少年隊長」が始まっていたし、漫画でも手塚や石ノ森章太郎、藤子不二雄あたりがしきりとSFものを描いていたので、私たちの世代ではSFに対する抵抗は全くなかったと思います。

私個人は例によって「男の子系」の趣味の一つとして天文に興味があったものですから、星や宇宙の話はそれだけで好きだったということもあります。当時、いなか町で見つけることのできたSFの本といえば、どうしても古典的なもの、ハインライン、アイザック・アシモフ、古くはウェルズの『宇宙戦争』、バロウズの火星シリーズ、金星シリーズといった有名どころのオーソドックスな作品ばかりということになりますが……。能登の港町の埃っぽい図書館の片隅に座り込んで読みふけっていたバロウズの火星シリーズ……。カビ臭い図書館の建物と本の匂いが懐かしく思い出されます。

（2）『宇宙戦争』

ウェルズの『宇宙戦争』はSFの古典中の古典ですが、これがあまりにメジャーになっていたため、当時、宇宙人といえば火星人、火星人といえばタコ型で地球に攻めて来る悪者、とすぐ連想してしまうほど。その頃から、太陽系で生物がいるとすれば火星が一番可能性がある、ということも言われていたので、最もリアリティを出しやすかったというのはあるでしょう。地球侵略型宇宙人ものとしても、その後のSFの原型としての要素がひととおり揃っていて、そんな知識なしで読み物としてただ読んでいてもスリリングで文句なしに面白い。古典たるゆえんでしょう。

宇宙人の乗り物として、アダムスキー型のこれまたクラシックな空飛ぶ円盤が出てくるところも、タコのかたちをした宇宙人が人間を襲ってくるシーンなども、今となっては余りに素朴でシンプルながら、大変なインパクトがあったのは確かです。私などは普通の人より相当にビジュアル的想像力がありすぎなので（当時は他の人もみんなそうだと信じていたおバカな子供でした）、挿し絵も何もないのに、自分の頭の中だけでそのシーンをビジュアル化してしまい、夢でうなされるほどでした。

六〇年代の初め頃には、キューバ危機などもあり、大気圏内の核実験もしょっちゅう行われていたので、空から何か大きな爆弾が降ってきたり、「死の灰」なんてものが降ってくるんじゃないか、とか、ともかく空から怖い侵略者（意味は実はよく分からなかった……）が来るかもしれない、という潜在的恐怖感も、子供だけに却ってリアルに感じていたのかもしれません。今振り返ってみると。だから、火星人の襲来の話も、必要以上に怖く感じられたというのはあったのかも。

（3）バラードの作品など

バロウズの火星シリーズはスペースオペラ、ヒロイックファンタジーの部類で、こっちはまた全然タイプが違った火星人が出てきていました。手が六本あったりとか、異形ながらも人間に近いルックスで、ストーリー的には火星人の王女と主人公のヒーローの恋愛話もからんだ異境冒険譚、といったおもむき。話が長大になるのはこの手のスペースオペラやファンタジーの定石どおりです。

ひたすら怖くて冷酷なタコ型の侵略者から、友情や愛情さえ抱きあえる人間に近い火星人像への転換ですが、こちらはひとつには火星を舞台にしていたから、というのはあるでしょう。

中学生の頃が、一番ＳＦを読み漁っていたと思います。親しい友達が当時としては珍しい女の子のＳＦマニアだったからです。ハヤカワの文庫版はもちろん、ハードカバーの本さえも彼女から回ってきて片っ端から読んでいました。『銀河帝国の興亡』あたり、本格的にスペースオペラを読み込んだのもこのころ。印象に残っているのは、『オッド・ジョン』や『アトムの子ら』といったミュータントものでした。人々の好奇の目から隠れていなければいけないミュータントたちの孤独感、といったところに心をつかまれたのです。

終末テーマＳＦも、特にバラードのものが、イギリス・ニューウエーブとして独特のニヒリスティックな美しいイマジネーションを含んでいてインパクトが強かった覚えがあります。『結晶世界』とか、水に沈む世界、炎に包まれる終末の風景の、鳥肌の立つようなビジュアルイメージ……核戦争による終末ものの古典『渚にて』も忘れがたい作品でした。

（４）『ソラリスの陽のもとに』

さて、ＳＦ作家のうちでも、より主流文学（この言い方はここで便宜的に用いるだけですが）に近い作風で、文章がしっかりしていて奇麗な作家、というと、バラードの他には、レイ・ブラッドベリ、スタニスワフ・レムあたりの名前がよくあがりました。レムといえばポーランド人で、本職は医者か何かで、珍しい東欧の作家ということでも有名。ロシアの映画作家タルコフスキーが映画化した『ソラリスの陽のもとに』で広く知られています。

ソラリスは、惑星全体が一つの意識をもった生命体で、人間たちの心を読み無意識のイメージを現実につくり出す、という不思議な話。遠い昔に別れた恋人や家族、死別した妻などが人間たちの前に肉体を持って現れ、追憶にとらわれた人々はやがて気力を失い、惑星の生きた意識をもつ「海」に呑みこまれていく……底知れぬ怖さはあるのですが、哀愁を帯びた心地良さのある「海」の描写はきわめて皮膚感覚的でセンシュアルです。読み終えたあと、なんともいえず寂しくも快い、恐ろしいけれども美しい夢を見たあとのような感覚がしばらく残っていました。

（5）『火星年代記』

火星ものの最高傑作は、やはりレイ・ブラッドベリの『火星年代記』だと私は思っています。レイ・ブラッドベリは感傷的で甘すぎるのが嫌い、というSFファンの友人たちがけっこういましたが、そういう人たちも『火星年代記』だけは完璧な作品、と評価していました。ブラッドベリの文章は詩的で透明感があり、原文で読むと更に味わいが深まります。

『火星年代記』は、いわば未来の歴史を描いたストーリー。地球人の宇宙船が初めて火星に到着し、火星人たちにより乗組員全員が静かに抹殺される最初の歴史的事件から、やがて再び火星を訪れた地球人が次第に火星人たちと交流を深め、数を増やしていき、もともと生命力の弱まっていた火星人たちを戦争や伝染病の持ち込みなどによりやがて滅ぼしてしまい、地球人のコロニーを作る。しかしそうするうち、今度は地球に核戦争が起きて……という、時間の流れに沿ったエピソードが、それぞれ独立した物語として淡々と叙情的に、時には幻想的に綴られていきます。

表面的なストーリーは、そういった典型的SFのパターンを踏襲した仮想の未来史なのですが、基調となるテーマは地球人と火星人の異星人どうしのコミュニケーション、心の交流であるところがいかにもブラッドベリらしいところです。『火星年代記』の火星人は、高度な文明を築き、テレパシーの能力を持っていて、相手の心の願望を読んでその理想の姿に自分を変身させたりする、人間と同じような姿をしたもの静かな人々です。火星人たちが絶滅したあと、火星の砂漠をすべるように進む火星人の船に行きあった地球人は、その幻のような光景に思わず目を奪われるのですが、それはその空間に生じた時空の乱れで、地球人にとっては火星人の姿は実在でありながら幽霊と同じ。静かに心を揺さぶる追憶のように、火星人の船は砂漠を滑り消えていきます。

火星人は地球人のことを知ろうとして学び、地球人も火星人について理解を深めますが、結局はお互いの葛藤を止めることはできず、更に、生命力を失いつつあった火星人の衰亡も自然の流れでした。ある生き残りの火星人が地球人の村に迷い込み、出会った人々の望む姿に変身してゆく。老婦人の死別した夫になったり、教会に逃げ込んだ時には牧師の望みを反映してキリストの姿になってしまう。手足から血を流し、いばらの冠をかぶった姿になった火星人を、牧師は奇跡のように喜び礼拝するのですが、火星人は、「どうかやめてくれ。こんな姿を私に望まないでくれ。このままでは死んでしまう。」と牧師に哀願します。

相手の心を読み、相手の望みにかなうように行動したり言葉を考える、ということは、たとえば日本人には理解しやすい感性です。似通った感性を持つ日本人どうしがほとんど言葉なしで以心伝心でコミュニケーションするのを、欧米の外国人は「日本人はテレパシー能力があるみたい」と気味悪く思うことがある、と開きました。相手の望みを先に読んで行動する、とは、「お察しする」という、古典的な日本人の作法のひとつ。現代ではあまり聞かれなくなったし、現代日本やアメリカならばまさしく「〇〇人格障害」などと病名をつけられるような性格が、古い日本人にはごく普通にありました。

なぜこんなことを連想して持ち出したかというと、『火星年代記』で語られる仮想の未来史が、どうもアメリカの歴史のアナロジーに見えてしかたがないからです。地球人は、もちろん小説に出てくるのは全部アメリカ人が代表していますが、火星人のどこか哲学的で滅亡を見通しつつも勇敢に戦うこともある、というスピリチュアルな性格づけも、先住民族としてのネイティブ・アメリカンを想起させるのです。ネイティブ・アメリカンは、太平洋を隔てたモンゴロイドで、人種的には日本人と近く、彼らの哲学を読んだりすると驚くほど似た感性を認めることがあります。戦いつつも、おおむね静かに、淡々と運命を受け入れていったネイティブ・アメリカンの歴史を基底に持つアメリカの歴史を透かし見るような、滅亡した先住火星人たちの遺跡の風景……この読みも例によって直感にすぎないので、根拠は薄いものです。こんな感じかたもある、という一例として読み流してくださいますことを。

司馬遼太郎と『燃えよ剣』

（1）歴史小説の楽しみ

司馬遼太郎の歴史小説は、歴史ものの中では最も読みやすく好きでした。センテンスが短く、会話体を主として、改行の多い文体は分かりやすくスピーディーであり、本来ドロドロした人間の歴史を明快に読み解き語ってゆく姿勢も、進歩史観にゆるぎのなかった高度成長期を中心とした時代の感覚とマッチしていました。

人間や歴史の暗い面を、敢えて露骨に暴きたてたりすることなく、淡々と爽やかで明るさを失わないバランス感覚、ある種の楽天的な健康さ、みたいなものが司馬作品の私にとっての魅力でした。歴史小説においてロマンということを第一に求める時、吉川英治の豊穣なストーリーテリングや人物設定の魅力、辻邦生の透明で典雅な文体、円地文子の少々少女趣味的な王朝風みやびの世界、などなどが読むことを楽しめる大事な要素になりました。

たとえば織田信長という歴史上の人物がいて、日本人みんなが常識としてある程度の彼についての情報やイメージを共有している。ところが、歴史小説の中で描かれる織田信長は、そういった共通認識をふまえてなお、書き手ひとりひとり違う人物造型がなされていて、その解釈の違いが逆に書き手の人間を表しているところが面白く、読み比べて楽しむということもできます。彼を主人公とせずとも、戦国時代を舞台にして、たとえば地方の武将や弱小の城の視点から見た場合の信長など、同じ人物がまるで万華鏡を覗いたときのように千変万化して見えるところも興味深い。信長を描いた小説は星の数ほどあり、ただ一人として同じ信長は存在しない……ということなのです。もし仮に信長本人が後世の歴史書や小説、ドラマに描かれる自分を見たり読んだりしたら、怒ったり困惑したり苦笑したり、反論したりするのでしょうか？

（2）歴史ものの時代設定

司馬遼太郎が好んで取り上げた時代設定は、やはり戦国時代と幕末でした。歴史小説、歴史ドラマの舞台になる日本史の時代をざっと調べてみれば、圧倒的多数がこの二つの時代に集まるでしょう。江戸時代を舞台にした時代劇という様式化したジャンルも映像分野にはありますが……平安末期から鎌倉時代を取り上げるならば源平の戦いあるいは元寇となり、古くても平安時代の平将門の乱どまりで、奈良時代以前を扱うものは数としてはかなり少なくなってきます。

結局、歴史を扱ったフィクションの人物で日本人が最も好むのは武士である、ということに気付きます。日本人に限らず、武士＝サムライは、海外でも日本人を代表するキャラクターの一つとして定着し人気がありますね。たとえば平安貴族や公家、僧侶などは風景の一部や脇役、一般通行人？　などとしては重宝されますが、歴史ものフィクションの主人公にはなりにくい。平安時代の藤原氏を主人公としたとしても、ほとんど動きがないし、毎日方角を気にしたり加持祈祷したり、自分の娘にみかどの世継ぎを生ませ、窮屈きわまる慣例に縛られつつ、腹芸と根回しで退屈な日常をやり過ごしていくことで成り上がっていく、なんてストーリーでは、キャラとしてもプロットとしても絵的にもつまらなくなってしまいますね。やはり他力本願キャラクターではストーリーが成立しにくいのは確か。どうもいまひとつすっきりせず、何やら陰湿ではないですか……。

などなど考えていたら、なんだ、今の日本人の生活は、どっちかといえばお公家的なものがメインじゃないか、と、ふと気付きました。あまり自律的に行動したり、変な発言をしたり、回りに合わせられない者は生きにくい、ということは、本来極言してしまえばテロリスト集団である武士なんて、今の日本社会では存在が認められるわけがない。それでも歴史ものフィクションでは武士が人気なのは、現実逃避のないものねだりなんでしょうか？

と、少しばかり子供っぽくひねくれてみました。

（3）『燃えよ剣』―1

さて、『燃えよ剣』は新撰組ものの最高傑作であり、幕末ものとしても日本の歴史小説の中で五本の指に入るのではないか、と私は勝手に思っています。一〇代の高校生の頃、初めて読んだ『燃えよ剣』の感動は、まず忘れることはありません。司馬遼太郎の歴史小説の清新でダイナミック、いってみれば驚くほど素直な健康さ、みたいな特性が、一〇代の感覚にはぴったり合っていたのだと思います。

司馬遼太郎の小説の中で、最も生き生きと描かれるのは若者であり、そういった意味でも、「青春」と言っても恥ずかしくなかった六〇～七〇年代の雰囲気を思い出し、くすぐったいような気分がしてきます。そもそも、史実を見れば、幕末を牽引したいわゆる志士たちの若さに改めて気付いて愕然としたり、幕末を描くことがイコール青春を描くことにつながるのも頷けることでした。

戦国時代もそうなのですが、幕末には武士の男性で、魅力的な人物が輩出していることも、フィクションの題材にしやすい理由の一つでしょう。新撰組ものは、一つの組織を描くということで、人間群像ものとしての魅力もあります。この組織が自発的に作られたもので、目的が分かりやすくはっきりしていて、敵もはっきりしている。そして魅力的な若者たちが精いっぱいダイナミックに活躍する。……当時流行の進歩史観から見れば、アンシャン・レジーム（旧体制）に属し、日本の近代化を進めようとする幕末志士たちと対立した彼らは反動であり、ちょっと前の（私の嫌いな）流行語でいえば「負け組」に属するのですが、それこそが判官びいきの日本人の好みにぴったり。

（4）『燃えよ剣』―2

どうも、日本では、歴史上の人物としては、長生きした堅実で腹黒い？　タイプは人気がありません。徳川家康は、織田信長よりも秀吉よりも最後まで長生きして、サバイバルゲームに勝利し、徳川幕藩体制を確立したことで、最も嫌われている人物です。彼には日本人好みの純粋さという性格特性が見られないからで、それは政治家として優秀であることの裏返しでもあるのですが、キャラクターとしてはいつも腹にいちもつ持ったたぬきおやじ、というブラックな悪役系であることがほとんどです。

現実には、彼は少年時代を人質として敵の城で軟禁されて育ち、父親にも一時は見捨てられて敵の間をたらい回しにされるなど、大変な苦労人で、最初の妻も織田信長の命令で長男とともに殺されていたりします。何度となく生命の危機をくぐり抜けてきていて、長生きしたのはずるくて腹黒かったからだけでなく、相当に運も味方していたと考えざるをえません。当時の状況では、誰がサバイバルしたとしても、そうならざるをえなかったでしょう。だから、家康を主人公にした小説もあるのですが、家康の人物の魅力というよりは、歴史の流れそのもの、エピソードの積み重ねの年代記ふうの設定になっている傾向があるように思います。脇役として出てくるなら、やはり悪役として使うのが最も使いやすい。

話がまたあらぬ方向に行ってしまいましたが、要するに、夭折者の魅力、というのがまた歴史ものの人物造型にとってははずれなしのおいしいネタなのです。新撰組のメンバーたちは、幕藩体制崩壊の時に、幕府の側に立ったがために、ほとんどが若くして戦死したり敵に処刑されたりという悲劇にみまわれているわけで、「時局の読みを誤った彼らの自己責任である」なんてクールな見方をすればその通りなのですが、気持ちとしてはどうしても思い入れしてしまいますね。何しろ、誰も確実な未来予測ができるとは確信できず、彼らの運命も決してひとごとじゃない、と感じられるでしょうから。それは行き過ぎにしても、少なくとも満を持して危うきに近寄らず、何もせずして生き延びるリスク回避のできる者こそがＩＱも高いのだ。では、歴史小説なんて読んでも面白くもなんともなくなるのではないでしょうか。

（5）『燃えよ剣』―3

さて、新撰組のコアなメンバーは、もともとは武州多摩（現在の日野市周辺）出身の下級武士たちで、天然理心流という流派の剣道場の仲間でした。徳川幕府直轄地である天領の周縁部にいた、半農の下級武士や浪人たちが、近藤勇・土方歳三を中心として、清河八郎という得体の知れない人物の働きによって新撰組を結成、幕府の御墨付きを得て京都に向かうことになります。二五〇年続いた徳川体制も、遂にきしみを見せ始め、末期的様相を呈していたその時代でなければ、このようなよく素性も知れない私的な集団が、幕府の御墨付きを簡単に得るなどということは考えられなかったでしょう。すでに、味方してくれる者なら誰にでも頼りたい、というぐらいな状況であったのではないでしょうか。

こうして、最後まで徳川幕府のために戦ったのが、天領の周縁部の出身者や、たとえば会津藩のようなやはり辺境の藩であったのも、歴史ではよく見られるパターンですね。維新を主導したのは長州・薩摩を中心とした、本来は幕藩体制の中では外様とみなされていた、日本列島のうちでも江戸から地理的に最も離れた藩、システム内部にありながら敵とも見なされていた、江戸からの自立度が高い藩であったのは、誰にでも分かりやすい構図ではあります。こういった開国派勢力と、それを阻止しようとする幕府側勢力が、京都に集結してあちこちで衝突を繰り返していたのが、新撰組の時代でした。

新撰組にせよ、会津藩にせよ、実はそれほど幕府に優遇されてもいなかったのに、朝敵の汚名を着てまでも最後まで幕府の側で戦った、ということで、そのあまりな愚直さ不器用さが、却って一般庶民から見れば同情に値したのかもしれません。明治維新は結局は武士の上層部での政権交代に過ぎず、庶民の視線はさめていました。「勝てば官軍」と揶揄されたのも、一般庶民がことの本質を見抜いていたからだと思われます。幕府側として京都に送られた会津藩や新撰組のメンバーたちは、田舎者とバカにされつつ、自らに与えられた仕事を精いっぱいこなそうとする。明治維新からだいぶ長い間、彼らには「朝敵」として維新の志士たちの側から見た悪役イメージがついて回ったのです。新撰組ブームが起きた戦後の高度成長期以降、ようやく彼らの悪役イメージは払拭されることになり、『燃えよ剣』は、新撰組に関わった若者たちの青春の夢を描ききって、完全に彼らの復権を果たしたのでした。

（6）『燃えよ剣』―4

さて、司馬遼太郎の描いたキャラクターのうちでも、最も魅力的であったのが、『燃えよ剣』の沖田総司でした。小説全体の主人公は土方歳三なのですが、冷酷さと情熱家の両面を持つ土方に対比して、無骨で落ち着いたオヤジ風の近藤勇、そしてひたすら無垢な心を持つ若き剣の天才・沖田の関係は、三人兄弟のよう……こんな比較は遊びでしかありませんが、『カラマーゾフの兄弟』でいえば、長男ドミトリーを近藤局長とすれば、土方がペシミストのイワン、沖田が素直でピュアな末息子アリョーシャ、というアナロジーも考えることができるような……。

沖田総司は結核にかかり、官軍に追われて東北・北海道へと敗走する隊から一人離れ、千駄ヶ谷の家で療養中、二四歳で病死してしまう夭折の剣士ということで、剣の腕が天才的であったことも含めて、ヒーロー化され美男のイメージがつきまとっています。ただ、歴史家の研究によれば、現実の彼はどちらかといえば無骨なルックスで、シャイな武道家風であったようです。

『燃えよ剣』の沖田は、いつも穏やかに微笑み、突き抜ける青空のような不思議な明るさを持った若者で、とても殺人者には見えない。ひたすら素直でピュアな沖田の心は、すでに自分の運命を予感してか、どこか全てを放棄し遠いところから見通しているような、人ならざる視点を持っています。こういった特徴は、確かに現実に自分の周囲にいた夭折者に共通して見受けられた何かであるような気がします。彼と類縁的なキャラクターが、『世に棲む日々』の吉田松陰として出てきますが、不思議に人を惹き付ける無垢な少年のような彼らの表情に、ほんの少しだけ司馬遼太郎自身の笑顔の無邪気さと近いものを感じ、彼の歴史小説に通底する明るさ、透明さということにふと納得させられたりもするのでした。

座敷童

私がその東北の町に着いた時、海辺の町は、ゆく夏と来たるべき秋の間によどんだような空気を、その潮臭い街路の隅々まで静かに漂わせていた。駅のホームには人影もなく、シーズンの過ぎた観光地のような空虚な不在感が一杯に満ちて、ここに降り立つ全ての人間に圧しかかった。ひんやりと薄暗い改札口を抜けて外へ出ると、その先はひなびた街並で、潮風の臭いが何処からか断続的に漂って来ては、ごみごみした街路を歩く私の嗅覚を刺激した。人々は口少なに、よそ者の私をちらちら横目で見ては通り過ぎて行った。

細長い街並もすぐに尽き、その先は山のせまった畑の中の道だった。そのむこうに、十数軒の農家がかたまっているのが見えた。S村……海岸近くまでせまった山々と、海との間に挟まれたようなその村は、私の目には不思議と異質なものに映った。

村の人口にある道祖神と地蔵堂、小さな鳥居をすぎて、私はその村の他のあらゆる家よりも一段と重厚にみえる家の前に立った。

「H…………」と標札のかかった大きな古びた門が一瞬私を威圧した。

「ごめん下さい。」

私はようやく口を開いた。

「ごめん下さい。」

出てきた老女に向かって、私はこう言った。

「東京のS……です。しばらくご厄介になります。」


私はその時、忍びやかな足音を聞いたような気がして、つとペンを走らせる手をとめた。ほんの一瞬廊下をちょこちょこ歩く気配がして、それから突然止まった。誰かいるのだろうか、大人の足音ではなくて、四、五歳の幼児のもののように思えた。この家の老夫婦の孫ででもあるのだろうか。いたずらっぽく笑う幼児の姿を想像して、私は思わず顔をほころばせた。

「入っておいで。」

私は言った。優しく語りかけるように。しかし外の気配は止まったままで、じっと息を殺しているように思えた。私はそっと立ち上がり、障子を開けた。

外にはもう誰もいなかった。天井から吊された鳥籠の中で、文鳥がぱたぱたと羽音をたてた。日の光が木々の間からこぼれ出て、縁側にこもれ陽をつくっていた。この家の午後は平和で、時の流れのよどむ隅々まで、さんざめく山吹の光で一杯にしていた。

「いないのか……。」

何とはなしにそうつぶやくと、私はもう一度、ゆっくり障子を閉めた。先程の忍びやかな足音が、妙に私の耳に残って去らなかった。

ある光景にぶつかった時、その光景をまのあたりにするのが全く初めてであるにもかかわらず、ふとある記憶のようなものにとらわれることがある。いくら考えても昔そこへ来たことがあるはずもないのに、何故かどこかで見たような、遠い昔経験したことがあるような、そんな感じを覚えるのだ。そんな時、私は「これは昔、夢で見た光景だ。」とぼんやり考える。殊更な神秘主義ではなくて、何の変哲もないごく日常の生活の中で、ふっとそのような一瞬を持つことが多いのだ。私はその時、身中から湧き上がってくる不思議な感動を、静かにじっくりとかみしめる。この「H……寺」に着いた時、私が感じたのはまさにそれだった。

くずれかかった石段も、黒く荒れ果てた山門も、垂直にそびえる高い針葉樹の群も、確かに何処かで見たことのあるものだった。ふと一瞬、すべての時間が止まって、私のまえにゆっくりと開けて来た、何か未知なるものの入口が、まぶたの裏に揺れながら浮かび上がった。
もう少しなのに……もう少しで何かがわかるのに……何か大きな、この世界すべてを包合するかも知れない秘密……しかしそう考えた瞬間、その感覚は消え、私の頭から遠ざかって行き……私はごく普通に石段の上に立ち尽くしている自分を発見するのだった。私は歩きながら、その感覚を呼び戻そうとした。しかし思い出すことは出来なかった。もどかしく思いながら、きれいさっぱりと消えてしまった記憶への執着が、しばらくの間私の心をとらえて離さなかった。

この荒れ果てた東北の寺は室町時代末期の創建で、さる強力な大寺の末寺だったという。しかし既にその本寺は繁栄を失い、荒廃してゆき、明治の廃仏毀釈で消滅してしまっていた。今はただこの小さな末寺のみが残って、はるかな繁栄の夢を追っていた。境内に立った私の体をひんやりとした空気が包みこんだ。

私はその昔、この境内を賑わしたであろう室町時代の人々の姿を想像した。まるで夢のなかのようにぼんやりした人々の群、群、群……ふっと「現在」に存在する自己に還る時「過去」の冷酷なまでの「不在」が私の心をとらえ、自己の「実在」が狂おしいまでに自己のものとしてはね返ってくる。

「座敷童?」

私は思わず聞き返した。老人はゆっくりと煙管を口にくわえながら、私にはわかりにくい方言で答えた。

「ンだ。ワラシの幽霊んことだて。古か家んついとるんだちゃ。四つ五つの童ん姿しとってそいつがついとるうちは、そん家は羽振りがええだて。昔は、こん村のどこん家も、ついとったもんだがの。」

「それじゃ彼ら……今はいないんですね。」

「ンだ。だんだんいねくなって、今はもう村ん中ほとんどン家にいねくなっだちゃ。そんで、村はこげだにさびれたもンだ。」

「……どこへ行ってしまったのでしょうね。」

「おらほうさいねくなって、座敷童ん住める家を捜しん行ったんちゃやの。だども、もうそげば家もあんめえての……。」

淡々と語る老人の声に、私は一抹の寂しさを見出した。或いはそれは、滅びゆくものへの憐憫だったのかも知れない。あらゆる「過去」の不在に対する、無言の答えだったのかも知れない。どちらにせよこの老人は、雪にうずもれた寒村の過去への執着を、一身に荷負っているのだった。

またた……あの足音……廊下を歩く、あのひそやかな足音……。じっと息をひそめて、こちらの様子をうかがう気配。そして忍びやかな……いたずらっぽい笑い声。

「また、来たね……。」

もう私は障子を開けようとはしない。外の気配は、ちょうど他の幼児たちが入ろうか入るまいか、部屋の前で逡巡するように、足ぶみしたり、立ち止まったりしている。

「入っておいで。」

私が思わず声をかけると、外の気配は驚いたように立ち止まり、息を殺し、くすくすと笑い……静かになった。

そのまま物音が絶え、外にもう誰もいないことがわかると、私はほっとため息をつき、ペンをとり上げて、又もや仕事を始めるのだった。

私はさまざまなことを考えながら夜具の中にいた。夜になると、あの足音はさらに繁く私の部屋の前を行き来する。

——おじさん、おじさんはどこから来たの——

——？

——遠くから……君はここの子——？

——まあね——

——何時頃からここにいるの——

——わからない。もうずいぶん前から——

——君、座敷ワラシだろう——？

——さあね　そうかも知れないね——

——君の仲間は——？

——みんな何処かへ行ったよ——

——君も行ってしまうつもり——？

——行きたくないけど……もう住むところもなくってね……みんな忘れてしまうもの、僕たちのこと——

小さな笑い声がひびいて、障子の外の気配が消える。私のうえに新しい睡魔がおそいかかってくる……。

私たちはもう、過去を現在のものとしてしか見ることが出来ないのだろう。……私は思った。人々は過去を何処かにおいて来てしまっている。現在を過去のつながりとして見ることは出来ないものか。過去をも現在をも、そして未来をも包含した世界に住むことは出来ないものか。過去とは確かに不在だ……けれどもこの世界の隅々に過去の息吹を見ることは出来ないものか。

——思い出してくれる人は、もういないから——

座敷ワラシの住むところはない。座敷ワラシは思い出の中に生きている。人々が忘れてしまったら、どうして止まり続けることが出来るだろう。私はその日の晩、部屋の前を通る足音を聞いたが、それは何時ものように立ち止まりもしなければ、くすくす笑いもしなかった。小さな足音は遠ざかって行く。座敷ワラシは行ってしまうのだろうか。私はそっと起き上がり、障子を半開きにして、暗い庭をのぞいた。小さな子供の後姿が、暗闇の中にはっきりと見えた。私は初めてゾッとして、体が動かなくなった。しかしそのままちょうど鬼火を最初に見た時のように、目を丸くしてそれを見守った。すると、つと子供は立ち止まり……ゆっくりと振り向き……小さな青白い顔には表情がなかったが、それでも私は、子供が親しみをこめてほほえんだような気がした。

——さようなら——

座敷ワラシは何処へ行くのだろう。失われた過去は何処へ行くのだろう。私はそのまま何時までも何時までも見守っていた。

「座敷童は、おらとこさも出でったか――。」

老人はそう言うと、静かに煙管を逆さにした。

「――おらん村も、すんぐに変わるんでろもの――。」

手塚治虫の記憶

（1）一九八九年二月十日

私は手塚治虫に三回会ったことがある。

一度は有楽町（今はなき）そごうの最上階にあるよみうりホールであった虫プロアニメの上映会の時、たぶん一九八〇年頃だったと思う。映画上映後の講演と質疑応答が終わり、ホールの外のエレベーターの前で妹と話していたら、彼が花束を両手に抱えて急ぎ足でやって来て、ホールの関係者と軽い挨拶を交わすとあっという間にエレベーターに飛び乗っていなくなってしまった。

子供の頃からの憧れの手塚治虫の実物がほんの一メートルぐらい先の至近距離を走り抜けて行ったのを、私はただただ呆然として見ているだけだった。声をかけたり握手を求めたり、ぐらいのことはできたのかもしれなかったが、私はとてもそんなことができるような性格ではなかった。ただ、思っていたより大柄な人で、声が大きくてよく通るなあ、と、そんなことをぼんやり思っていた。

その次はたぶん一九八六年頃。ある美術展覧会が新宿のデパートであって、たまたまそのレセプションの会場に入れる幸運に恵まれたことがあり、そこで出席予定者の中にいるはずの手塚治虫をずっと待っていた。もぅ会場が一杯になり、そろそろ乾杯、という時になって、ふと斜め後ろを見たら、ちゃんと彼が人に囲まれて立っていて、一緒に乾杯をしているのだった。私はやはり、さりげなく彼との距離をつめて立って、じっとそっちを見ていた。あまりじろじろ見るのも失礼かと思ったので、できるだけ何気なく……手塚治虫はまたしてもあっという間に駆け足で会場からいなくなってしまった。

彼が一日の睡眠時間が一時間程度ということもあるぐらい、分秒刻みのスケジュールで漫画を描き、ネタとなる資料を読んだり映画を見たり、催しに出たりしている、という話は聞いていたけれども、本当だったんだなあ、とつくづく思った。私が見た三回とも、彼は移動の時には走っていた。普通の人の数倍の速さで人生の時間を走り抜けている、そんな感じがした。

もう一度彼に会ったのは、高田馬場の駅前でのことだ。当時私は早稲田に住んでいた。手塚プロダクションのある高田馬場は生活圏内だったので、鉄腕アトムの看板の出ている手塚プロの入ったビルの一階のレストランでよく昼食をとったりお茶を飲んだりした。そこから道路を隔てた向かい側に小さな本屋さんがあり、ある日そこで雑誌を立ち読みしようとしたところ、前に大柄な中年男性が場所を占拠しているのに気がついてちらりと顔をのぞいたのだが……なんと、それが手塚治虫だったのだ！

トレードマークのベレー帽をかぶっていないと、髪の毛の薄いおやじという感じで、ちょっと目には別人のようなので、ごく自然に風景の中に溶け込んでいた。オヤジ系週刊誌をパラパラと読み切った彼は、またしてもあっという間に走り去ってしまった。

こうして、三回ものチャンスに恵まれながら、言葉をかわすことも握手してもらうこともサインをしてもらうこともできなかった手塚治虫だったが、私は彼が隣の町内で毎日仕事していて、同時代の同じ空気を吸って生きていてくれるだけで十分満足だった。またそのうちばったり会えるだろう、ぐらいに思っていたから。彼がいつかいなくなるなんてことは、思いも及ばないことだった。彼の漫画に出て来る火の鳥のように不死身なんじゃないか、とバカなことを考えていた。

だから、それから更に数年後、新宿の喫茶店で隣に座っていたおじさんが読んでいた新聞に、「手塚治虫死去」と写真入りで出ているのを見た時は……大変なショックだった。私はその知らないおじさんに思わずお願いして新聞を見せて頂いた。本当なんだ……もう手塚治虫はいなくなってしまって、彼の新しい漫画は永久に読めないのだ、と思ったら、ぽっかりと心に穴が空いたように寂しくてたまらなくなった。

そういえば、雑誌の連載をしばらく休む、と出ていたけど……前にも何度もそういうことはあったし、きっと復活すると思っていたのに。ただ、その一年ぐらい前だったか、テレビのインタビューに答えていた手塚治虫が、「アイディアはもういくらでもあるんです。絵さえ描ければ、手さえ動けば、いくらでも描きたいことがあるんです。でも、このごろ手がちゃんと動かない……マルが描けなくなってきました。」と、なんともいえず寂しそうな表情で言っていたことを思い出した。

思わず涙が出てきた。

新聞を見せてくれたおじさんは、「手塚さんのファンですか?」と、笑いながら聞いた。

一九八九年の二月一〇日のことだった。

(2)『新撰組』

手塚治虫の『新撰組』のことを聞いたのは、中学の同級生の女の子からだった。とてもいい作品なのだが、書店では売っていないので、貸本屋さんで見つけるしかない、という話。当時鎌倉の小町通りに一軒だけあった小さな貸本屋さんに彼女の案内で連れて行ってもらい、ようやく噂の単行本を手にした時の喜びは今も忘れられない。

その頃はマンガは親や先生には隠れて見るもので、教育にはよくないものとされ、それほどではないにしろ、少なくともマンガを読んでいるとサボっていると見なされ怒られることが多かった。制服のまま学校帰りに決められた通学路をそれて貸本屋さんに入ることは、それだけで怪しい後ろめたさのときめきがあった旧きよき田舎の中学生の私である。長時間立ち読みしていると、店番のおじさんがあからさまにしかめ面をしてこっちを睨んだり、わざわざはたきがけに来たりしてスリリングな場所でもあった。

新撰組を扱った小説やテレビ番組は多いが、この作品が書かれた一九六三年頃には、まだようやく新撰組＝悪役イメージが転換しつつある頃だったらしく、新撰組ものがブームになるのはそれより後になってからである。新撰組は幕末において幕府側の立場で長州の志士たちを弾圧したいわば「反動」、「朝敵」の烙印を押されていたため、その頃までは主として悪役としての役回りを舞台などでは与えられていたらしい。浅葱色の隊服のファッションセンス、天然理心流剣法の立ち回り、最後の武士道の体現、などといった要素が「かっこいい」と若い女性層を中心に受け取られはじめてから、彼らはいきなりヒーロー視されるようになったようだ。

手塚版『新撰組』は、父の敵をさがす少年剣士深草丘十郎が新撰組に入隊し、近藤勇や土方歳三、沖田総司、坂本竜馬などと出会って成長していく姿を描いたもので、最後は隊の非情の掟や内部矛盾に気付き坂本竜馬の手引きでアメリカに脱出するというストーリー。したがって、新撰組そのものに対しては距離を置いて批判的な立場に立っているところがその後の新撰組ものの多くと一線を画していた。

主人公が一緒に入隊した親友・大作と心の交流を深めていき、最後にその親友が実は長州の間者であったことが分かり、土方歳三に彼を斬ることを命令される場面は物語のクライマックスをなしている。「大作許してくれ……」と、泣きながら歩く丘十郎の視線の向こうに、小さく見える大作の後ろ姿。大作はすべてを覚悟した表情で、自分を殺すために追い掛けてきた親友の方を振り返る。その静かな、むしろ相手を心配しているような、諦念のこもった澄みきった表情は、ほんの小さなコマなのにもかかわらず彼の心情を表現し尽くしていて、何度読み返しても涙が出てくるのだった。

大作を逃がそうとする丘十郎の提案も断り、大作は「きみかぼくのどっちかが死ねばいいんだ」と、真剣勝負を申し出る。祭りの花火の上がる京の夜の河原で二人は親友としての最後の語り合いの時間を持ち、大作は丘十郎に未来のない新撰組を脱出するよう忠告する。

やがて二人は最初で最後の差し向かいでの真剣勝負。剣を構えて静かに立つ二人の頭上に上がる花火。大作と過ごした思い出の場面が丘十郎の脳裏を横切り、ためらいの一瞬に斬りかかる大作。死闘の末、大作は河原の砂利の上に倒れ、「よくやった……丘ちゃん……」と親友をたたえる。

おれは　先に　つぎの時代にうまれかわって
きみを待ってるぜ
いっしょにしるこを食おう……

丘十郎はわれにかえり、親友の体に取りすがって号泣するのだった。非情な組織に別れを告げる決心をした丘十郎は坂本竜馬の紹介でアメリカ行きの船に乗る。船上で彼が新撰組に思いをはせているころ、京の町では新撰組隊士たちが池田屋に突入していた。……

この『新撰組』が、あの萩尾望都にマンガの道を選ばせるきっかけになった作品だということはよく知られている。手塚作品のうちではそれほど有名なものではないのだが、当時の一部の感性の鋭い少女たちにそれだけのインパクトを与えた作品であることは確かである。歴史的には言ってみれば反動のテロリスト集団にすぎない？　新撰組がなぜそれほどに少女たちをひきつけたのだろうか？

陰惨な斬り合いというよりも、そんな乱世の厳しい状況に置かれた少年たちの無垢な表情や葛藤を帯びた心の交流、といった一見裏腹な絵の表現が魅力的に、更に言えばセンシュアルにうつったからではないかと思う。お互いに深い友情を抱きつつ死を賭した真剣勝負をする美少年二人の姿にはなんともいえず同性愛的な官能の匂いがあって、ぞくぞくするようなものを感じさせたのである。

萩尾望都がやがてその時の感動を源泉として、少年どうしの精神的な同性愛の物語を描きはじめ、七〇年代後半以降少女漫画の主流の一つともなる少年同性愛もののジャンル流行の先駆けとなったのはそれからしばらくの後のことだった。

(3) ヒョウタンツギ

手塚マンガには、ストーリー展開とは全く関係なしにいきなり登場する意味不明のキャラクターがいくつもあって、その中でも人気ものの? だったのがヒョウタンツギ。これは何というか、ひょうたんみたいな形にツギハギが当たっていて、ふて腐れたように見える目つきもおかしく、コマの隅っこで鼻から煙みたいなものを出して跳び上がったりする。

ストーリーの場面展開がシリアスになって来るといきなり出て来たりするので、こちらは緊張を解かれてホッとしたり、意味はないのだけれども妙に目に焼き付いてしまうところが面白い。ストーリーそのものは忘れてしまっても、コマの端っこでジャンプしていたヒョウタンツギの絵だけはまざまざと眼前に浮かんで来るのである。

それにしても、いまどき、ツギハギなんて言っても分かる子供がどのぐらいいるかと思う。パッチワークならば知られているだろうが、ツギが当たってるのは破れていたり壊れたりしたのをもったいないから自前で修理した跡なんだ、ということさえ分からないかもしれない。とすると、あの「ビンボくささ」というもともとの意味合いとおかしみが伝わらないわけになる……。

あの謎めいたキャラクターは、動きはダイナミックなのに、表情はいつもしらけきっていて、一言も発せずにただ白いシンプルなヒョウタンにツギが当たってる、という存在を見せるだけでストーリーには何の影響も与えず、しかも一番印象に残ってしまう、というものすごい奴だった。

あのキャラクターだけは、誰にでも簡単に真似して描けるし、初めて描いてもそれらしくなるので子供の頃の私はしょっちゅう学校の机などに落書きしていた。アトムやレオとなると、いきなり難しくなってくる。ヒョウタンツギはそういう意味でも人気キャラだったのかもしれない。

ヒョウタンツギにいつのまにか影響され過ぎたのか、どうも私のその後の人生、ヒョウタンツギみたいになってしまったような気もしないではない……。

(4) オムカエデゴンス

よく分からないキャラクターでもう一つ、オムカエデゴンスというのも有名だが、あれもただカタカナで「オムカエデゴンス」としか言わないクールなキャラクターだった。誰が誰をどこに迎えに来たのか、全然分からない脈絡で突然出てくるところが、よけいにこのセリフを印象づけるという、逆の効果が出ていたところが面白い。

ヒョウタンツギもオムカエデゴンスも、手塚治虫がアイディアを考えていて畳の上に寝転がっていた時などにひらめいたキャラクターだとか聞いたことがある。ともかく、どことなく四畳半の木造下宿の匂いの漂ってくるような……素朴でぬぼーっとした雰囲気があるのだが、それは一つには彼等がコマの隅っこの余白を主なテリトリーとしているせいもあるかもしれない。

昔の四畳半の下宿の部屋というと、狭いながらも意外とぽっかりした空白部分というか、余白空間がいろいろと見つかるのだった。それは、特に寝転がってぼおっとしている時に気付くことが多い。白っぽい壁だとかすすけた木目の見える天井とかに、ふっと虫の姿を見つけたり、天井のしみをいろんなものに見立てたり……。

そんなところから、あの有名なトキワ荘のことを思い出すのだけれども、昭和三〇年代に若い漫画家たちが集まっていた椎名町の下宿も、同様にミニマルでありながらある意味で無限大の余白の広がりを持った四畳半の集まりだったのかもしれない、などと思ったりする。

その余白のことを、たとえばゆとりだとか夢だとか、可能性みたいな、分かりやすい言葉に置き換えてみてもいいのだが。

（5）ケン一くんとロック・クロック

手塚マンガのキャラクター・システムは有名だが、これはまるで俳優さんが作品ごとに役を演じるのと同じで、ひいきのキャラクターが出てくると妙に懐かしく感じたりほっと安心したりで心地よく読み進めることができる。

少年のキャラクターとして、ケン一くん、ロック・クロックあたりは代表的。ケン一くんはもう最初期の『ケン一探偵長』から出てきているし、ロックは『来るべき世界』でも屈折した少年の役を演じていた。

一般に、ケン一くんは優等生タイプの善玉役で、アトムシリーズでの級長さんがティピカルな使われかただろう。のっぺりしたアジア系の顔、まるい小さめの目、といったルックスは、ケン一という名前と相まって、平凡で毒のない善人の日本人の日本人少年、というイメージを作っている。

ケンちゃん、という名前が日本人の男の子の名前としてポピュラーなもので、言葉を換えれば没個性的でもあり、私たちみんなの近くに必ず一人はいる男の子のタイプをイメージさせるのは確かだ。ケンイチ、ケンジ、ケン、ケンイチロウ、……見渡せばそこらじゅうにケンちゃんはいたのだから。しかも、外国人にも発音しやすく覚えやすい名前である点で、太郎・花子よりも優れているかもしれない。

たとえば恐い顔をした大柄なおじさんであっても、彼がケンイチなんて名前で、ケンちゃんの一人だったとしたら、突然子供じみて親しみ深い感じがしてきてしまう、なんてことはないだろうか。

ロックはそれに対して、よりアメリカナイズされたキャラクター。幅の広い大きなネクタイをしたりして、ファッションも派手ぎみだし、クールな美少年のタイプを素朴に表現している。リッチな感じだし頭の回転も速そうで、冷酷なところのある、まあ見ようによっては嫌みなやつ。こういうキャラはだいたい主人公のライバル役や悪役として使われるのが古典的には正しい使われ方である。

ロックはいやみなやつ、だから、いつも孤独だし屈折している。美少年なので女性にも縁があるのだが、自分から相手に惚れることはないし、『バンパイヤ』でのように女の子を利用して殺してしまったりする。なぜ彼がそこまでしてしまうのかも謎で、どうも生来、存在そのものが悪みたいな、考えようによっては気の毒なキャラクターである。手塚治虫はロックを偏愛していたようなのだけれども、彼の美貌にも関わらず（あるいはそのせいか？）これでもかというぐらいにヒドイめにばかりあわせている。

そしてその結果、ロックにはなんともいえない色気のようなもの？　が漂い、多くの読者をしびれさせてしまったようである。ロックの悪の魅惑については、もういろいろな人が書いているので今さら言うことはないのだが、主役を演じた『ロック冒険記』の正義感の強い少年から、『バンパイヤ』のセクシーな悪役の青年、『来るべき世界』での、戦争に巻き込まれて心に傷を負い廃人となってしまう繊細な少年まで、陰影に富んだ幅のあるキャラクター展開は実に魅力的である。

ただ、ロックの絢爛たる悪の輝きに隠れがちなケン一くんのフラットな平凡さも、また逆に一癖あって気になったり、あるいはほっとする魅力なのである。ケン一くんの心の中こそを、深いところまで覗いてみたい誘惑にかられるのは私だけだろうか？

（6）ピノコ、サファイヤ、メルモちゃん

手塚治虫が宝塚市の出身で、作品に宝塚歌劇の影響が見られることも、以前からよく言われている。キャラクターの見た目が中性的であったり、女性キャラクターに色気がない、なんて言われることもあり、本人も悩んでいた時があったらしい。

手塚治虫自身、気の強い姐御肌の女性が好みという話だった。で、占星術の十二星座のうちでも最もお転婆？　といわれる牡羊座生まれの女性と結婚したところ、期待に反して？意外とおしとやかで気が弱くてあてがはずれた、けれども虫プロが倒産した時はさすがの芯の強さを発揮して後始末に奔走し、妻を見直した、なんてどこかで読んだことがある。

『リボンの騎士』のサファイヤ王子などは、いかにもの宝塚風のキャラクターで、一般に男性主人公の恋愛の相手としてのみで、いまひとつ人格が深められない傾向のある当時の少年少女マンガの女性キャラクターのうちでは、女の子から見て最もリアリティがありイキイキして感じられたと思う。見た目と役割＝男の子、内面＝女の子という葛藤に悩むところも、衣装による性転換という〝変身〟の楽しみも、絵的にインパクトと説得力があり分かりやすかった。

実際、手塚マンガの女性キャラクターでは、幼女や少女の圧倒的な魅力と男装の麗人やお

転婆娘（いまどきあまり言わないが）の存在感とリアリティに比べて、いわゆる大人の女性のキャラクターはいまひとつ類型的で印象に残らないきらいがあるのは確かだと思う。

手塚家の子育てを描いた『マコとルミとチイ』では、のちに映像作家になった長男の真氏が少年の頃からドラキュラや怪物大好きだったことや、長女のルミさんのおしゃまな女の子らしい性格が微笑ましく描かれているが、この娘さんたちを見ていたことが、たとえば『ブラック・ジャック』のピノコやメルモちゃんなどの魅力にあふれた幼女・少女キャラクターを生んだのではないかと思っている。いつぞや、手塚家の娘さんがテレビに出てきた時、「メルモちゃんにそっくり」と妹が驚いていたのを思い出す。

「エイリアン」という現象

（1）『エイリアン』―1

エイリアン Alien とは、そもそも英語で異星人というだけでなく、異邦人のことも表していて、つまり外から来た存在のことです。ハリウッド映画の『エイリアン』シリーズで、日本で定着した「エイリアン」のイメージは、怖くて不気味な宇宙人、モンスターの一種なのですが、アメリカ人が使うエイリアンという言葉はもっと普通名詞的で、外国人一般のことも含んでいます。そうすると、これらの映画の含むメタファーは、日本人が受け取るものとアメリカ人が受け取るものとはいくらかずれがあるのではないかと思います。

六〇年代、七〇年代においては、「インベーダー」という言葉が普遍的でした。SF映画やドラマ、漫画などなどの中で、宇宙人は何らかの悪意を持って（それはほとんど「地球を侵略しようとしている」という説明だけでことたりるのですが）われわれの日常生活の中に入り込んできているので、最初から敵であるわけです。人間的な感情や感覚を持たず、考えを知ることができず、コミュニケーションができない、でもわれわれに対する悪意（があるらしいこと）だけは分かる、という不気味な存在でした。

一方で、『E．T．』に代表されるような、侵略者ではない「善良な」宇宙人と地球人との友情をテーマにした宇宙人もののパターンもありました。こういった善玉宇宙人の場合には、キャラクター的には無垢で無力で孤独、人々の好奇の目や金もうけに利用しようとする大人たちから守り隠してあげたくなる存在です。ルックス的にも人間から見て可愛く見えたり、サイズが小さかったり、人間とほとんど変わらない外見で、言葉が通じたり、言葉は分からなくても気持ちが通じる相手でした。

悪玉宇宙人、つまりはインベーダーなのですが、となるとルックス的にはやはり相当グロで怖い。『エイリアン』シリーズで作られた怪物エイリアンのデザインは、かのギーガーの作であることは周知の通り、凄みのある美しいとさえいえるほどの形態の完成度を見せています。

（2）『エイリアン』―2

『エイリアン』シリーズは一九七九年から一八年間のうちに四作が作られ、宇宙船の女性士官リプリーが主人公になっています。これがシガーニー・ウィーバーの当たり役であることしい異物であるエイリアンとの命がけの戦いを描いています。

この場合、エイリアンには特に知性があるかどうかということは分からず、従って地球侵略などといった意図があるかどうかも分からず、単に人間の身体に入り込んでその中で育ち、やがてその人間の身体を突き破って出現する、という巨大な昆虫に似た生物なので、ともかく問答無用で怖い。エイリアンに対してはいささかも共感や同情の余地はなく、いかにその侵入を食い止め、逃げのびられるか、が人間にできる全てのことです。

特に、最初の作品ではこのエイリアンは初出だったので、その生態も姿も未知のものであり、観客にとっても、また登場人物たちにとっても、次に何が起きるか、エイリアンが次にどんな姿でどこに現れるのか、手に汗握る展開でした。やがて全貌を現したエイリアンは、二本足で歩く昆虫のような奇怪な姿で、ただ一人生き残ったリプリーを追い詰める。彼女は恐ろしさに震えながら、必死の思いでエイリアンを宇宙空間に追い出し、ひとり救命艇に乗り込んで逃亡を果たす……彼女の細い身体がいかにも頼りなげに心細く見え、宇宙にひとり頼るものもなく怪物との戦いをしなければならない緊張感がひしひしと伝わってきたものでした。宇宙船の中、という密室の閉塞感も、よけいに最後の脱出の瞬間の解放感を増したと思います。

（3）『遊星からの物体X』

宇宙からの未知なる侵入者としての「宇宙人」像は、七〇年代後半以降になると、地球侵略などといった分かりやすい目的のある人間型のものでなく、このエイリアンのように、ともかく不可解な未知の生命体、といった形になってきます。特に、人間の身体に入り込む、人間そのものを支配してしまうタイプのものでは、たとえば一九八二年のジョン・カーペンター監督の『遊星からの物体X』などは極め付けでした。

何らかの悪い意図を持った宇宙人が人間に化けていたり、あるいは身近な肉親の誰かに取り憑いていたり、といった設定は、SFものでもホラーものでも古典的なパターンですが、『遊星からの物体X』"The Thing"はその使い古され、ありふれた設定を極限まで追及・展開したもの。物体Xはそもそも何なのか、結局最後までよく分からなかったところもリアリティがありました。

南極の基地に入り込んだ、たぶん異星からやってきた生命体と思われる無気味な何か"The Thing"は、いつの間にか基地のメンバーの誰かの身体に入り込んでその人格を支配してしまう。だから、誰が人間で誰が"The Thing"であるのか、主人公にも分からないのです。もしかしたら、その主人公でさえも既に「それ」になりきってしまっているのかもしれません。

物体Xは、いきなりその宿主となった人間や動物の身体から奇怪な姿を現して、しかもその形態がひたすらおぞましく気味悪いのに、決まった形を持たないという特徴があります。宿主がなくては自分の姿を現すことができないという、特殊な生命体なので、よけいに実体がはっきりしない。しかもふだんは宿主の人間や動物の姿なので、見分けがつかないわけです。

この物体Xが人類全体に広がることを食いとめるため、南極の基地隊員たちは自分たちが犠牲になる決心をし、この生命体に関する全ての記録も抹消されるのですが、観客の目に重なる主人公の視点も、最後には曖昧になってしまうため、もしかしたらこれは、厳しい南極の寒気と氷に閉ざされた基地の男たちの幻覚だったのかもしれない、とも見られます。『遊星からの物体X』は、終わりのない悪夢を描くことでは定評のあるジョン・カーペンターの、隠れた傑作の一つではないでしょうか。

（4）『エイリアン』―3

『エイリアン』シリーズは、一九七九年第一作のリドリー・スコット監督作品から、第四作（一九九七年）ジャン・ピエール・ジュネ監督作品まで、主人公のシガーニー・ウィーバー演じるリプリーとエイリアン以外は監督も登場人物も毎回違っていて、それぞれ特徴のある作品になっています。

シリーズ第二作めの『エイリアン2』が公開されたのは一九八六年で、第一作からは七年が経過していますが、こちらは監督が『ターミネーター』のジェイムズ・キャメロンということで、アクションシーンの多い戦争ものに近いストーリーになっていました。第一作では初出で未知のものが正体を現していくところにスリルがあったエイリアンですが、第二作では当然ながら既知のものとして扱われ、しかも大集団として出てきます。エイリアンの生態は既に情報として分かっていて、対処の仕方も分かるので、その意味では第一作のように息詰まる怖さはありません。

人類が作った宇宙のコロニーが、エイリアンたちに襲われ壊滅するという事件があり、そのコロニーの人たちを救出に行く部隊に、最初にエイリアンに遭遇した唯一の生存者であるリプリーが事情通として協力するため参加する、という設定で、エイリアンたちとの戦いはまったく戦争と同じです。

キャメロン監督好みの母性愛のために強くなる女性像がここでも描かれ、『ターミネーター』でヒロインを守り恋人ともなるカイル役を演じた同じ俳優が、ここでやはりリプリーの最大のガード役となります。生存者の少女を守るリプリーと、卵を焼かれ怒り狂うエイリアンの母親との戦いが最後の見せ場になり、息をつかせぬスピード感あふれた展開はまさしくキャメロンふうのアクション映画そのものでした。エイリアンたちを打ち破って脱出するラストシーンは、シリーズ四作のうちでも最も爽快感のあるエンディングでした。

(5)『エイリアン』―4

『エイリアン3』は、デヴィッド・フィンチャー監督による一九九二年の作品。『エイリアン2』からは六年、第一作からは一三年の歳月が流れています。『エイリアン2』のラストシーンからストーリーを引き継いで、エイリアンの星から脱出した宇宙船はそのままとある監獄惑星に不時着、またしてもリプリーのみが生存者としてその惑星で目覚める、という設定です。

閉ざされた監獄惑星にいるのは、殺人など凶悪犯罪をおかした囚人の男性たちばかり。その中で、リプリーはついに自分の体内にエイリアンが入り込んでいることに気付きます。それまで自分とは切り離された他者そのものだった、敵であるエイリアンが、まさに胎児のごとく自らの肉体と一体化しているという事実。

他の囚人たちと同様にスキンヘッドのリプリーは一貫して見た目は中性的なのですが、逆に女性性がある面際立って見えるのも、『エイリアン』シリーズとシガーニー・ウィーバーという女優の持ち味の、たぶん意図せぬ効果ではないでしょうか。リプリーがシリーズ中、唯一恋人と愛の抱擁シーンを見せるのもこの第三作なのです。エイリアンが体内に入り込むことにより、恐怖のみでなく、異質なものとの身体感覚レベルでの融合の感覚、といったものがリアリティを持つのは、やはり主人公リプリーを女性として設定したからでもあると思うのです。

閉鎖的な空間の中での救いのない戦いと自己犠牲というテーマは、異様な迫力に満ちていて、どこか宗教的でさえありました。ただ、ここまで行ってしまうと、何やらものすごい迫力に圧倒されはするものの、共感しきれずついて行けない観客も多かったのではないでしょうか。『エイリアン3』はシリーズのうちでは賛否両論のある作品です。

(6)『エイリアン』—5

一九九七年公開の『エイリアン4』は、フランス人監督ジャン・ピエール・ジュネの作品であるせいか、ビジュアル的には最も美しいエイリアンが登場します。また、リプリーとエイリアンの関係も、どこか官能的でさえある、すでにして異質とはいえないもの同士に変化しています。第一作、第二作と、はっきりと区別された外部の敵であったエイリアンが、一度体内に入り込んで融合を果たした後では、リプリーにとっては親しい血縁のようなものとなります。

エイリアンの幼生も、リプリーを母親と見なして慕う様子を見せ、お互いの間に情愛が通うようになっています。美しく見えるエイリアンとの交感のシーンには、ある種のエロティックな雰囲気が漂っています。もはや、彼らは敵ではなく、戦うことはありません。『エイリアン1』から『エイリアン4』までの、一九七九年から一九九七年という一八年間の時間の流れを顧みたときに、時代の変化や時代の意識の変化が微妙に『エイリアン』シリーズにも反映しているように思うのは読み過ぎでしょうか。

六〇年代、七〇年代にインベーダー、侵略者という概念がそれなりのリアリティを持っていたのは、冷戦時代という時代背景があってこそのものだったのではないでしょうか。「侵略」という拡張的な目的が宇宙人からなくなったのは、冷戦構造の崩壊という時代の変化により、悪役の目的としてそれがリアリティを失ったからで、むしろ内部にこそ敵がいて、やがて葛藤を経たのちに融合へ向かう、というエイリアンの設定とストーリーの流れは、その後の「宇宙人」、外からの異物であるエイリアンと人間との関係の変化のメタファーともなっているように感じるのです。まあ、こんな読み方もひとつの遊戯にすぎませんけれども。

初夢

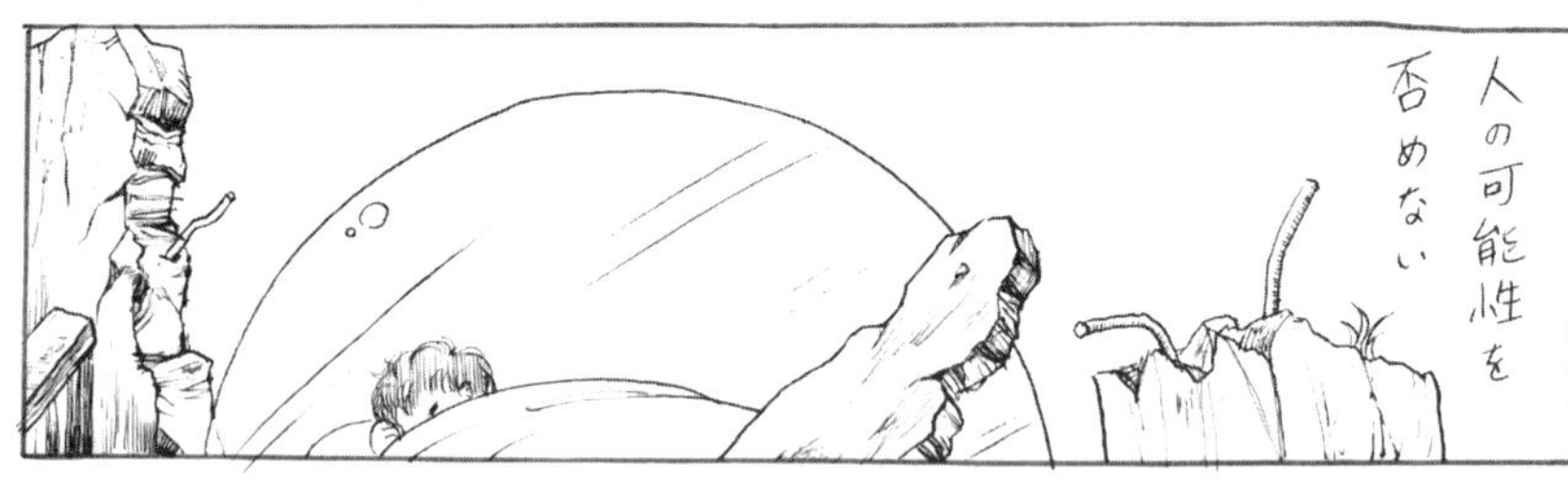

—おわり—

ママは宇宙人

五十嵐和子

七〇年代少女漫画の少年像

吉田秋生をめぐって

（1）『カリフォルニア物語』──1

七〇年代半ば、吉田秋生（一九五六年生まれ）の『カリフォルニア物語』を最初に読んだ時の、何ともいえないあの清新な感覚……それまでの少女漫画の約束ごとや先入観に縛られていない、映画を見ているようなスピード感あふれる場面の転換と表現のリアルさが実にここちよく感じられました。

西海岸の裕福な弁護士の家庭に育った少年ヒースが、秀才の兄と厳格な父親に反発し、一人家を出てカリフォルニアからニューヨークをめざし、ニューヨークでイーヴというヒスパニック系のゲイの少年に出会い、さまざまな人々とのかかわりを通して成長する、というストーリーは、設定にはたとえば『エデンの東』を思わせるところがありますし、ニューヨークでの若者の生活の描写、ゲイの恵まれない境遇の少年との友情などはたとえば『真夜中のカウボーイ』などの古典的アメリカ映画をおそらくは意識的に取り入れているようでした。

少女漫画で少年を主人公にする、という一種の流行は、たぶん大ベテランの水野英子がやはり六〇年代終わりに『ファイヤー！』でカリスマ的少年ロック歌手のストーリーを描いたのがハシリだったでしょう。その後の新感覚派・二四年組（萩尾望都・竹宮恵子など、昭和二四年生まれの作家たちを中心にした少女漫画のニューウェーブ）がそれを受けて美少年を主人公にした同性愛ものの端緒を作り、美少年漫画の流行が少女漫画の一つの流れを作るようになります。

少女漫画の存在理由の第一として、恋愛を描く、ということがあり、恋愛ものの要素は、たとえそれがスポ根ものの少女漫画でも、歴史ものでも必ず中心に来ていました。しかし、六〇年代ぐらいまでの様式化された少女漫画の表現においては、主人公のキャラクターはシンデレラタイプで、美しくても自覚を持たず、気立てがよく、状況に順応力があり、他人の救いを待つことのできる、言ってみれば他力本願な性格づけだったので、だんだんと現実の日本の女の子たちの日常感覚や精神状況に合わなくなってきていました。テニスなど比較的見栄えのよいスポーツや女優を描くようなストーリーであればまだしも、本気で芸術や冒険やSFものの宇宙飛行士を描くストーリーを描きたくなった時、そういった様式的少女主人公のキャラクターではとてもストーリーが成立しないのは明らかです。

そういう場合に、男の子を主人公にしてしまうのは、結果的にグッド・アイディアでした。それまでは、少女を主人公にしなければ少女の読者たちは思い入れがしにくいと思われていたでしょうし、実際そうだったかもしれませんが、当時の読者の中にはそういったステレオタイプ化された少女主人公があまりにも自分の現実とかけ離れていて、また理想とも大違いで、むしろ自分から行動し自分を笑ったり相対化でき、三枚目を演じることもできる少年こそが現実の自分に近く、思い入れもしやすい、と思っていた少女がたくさんいたのではないでしょうか。そういう読者層が準備されていた七〇年代にこそ、少年を主人公にした漫画の流行が受け入れられる必然性があったのだと思います。

(2)『風と木の詩』

たとえば二四年組の竹宮恵子の『風と木の詩』を筆頭とする少年愛をテーマとした作品や宇宙飛行士を夢見る少年を描くSFものの中のキャラクターたち、『空がすき!』の少年泥棒タグ・パリジャンやピアニストとしての厳しい道のりを歩む少年・レイ、ファンタジーの中の少年オルフェなどなどは、現実の少年とはかけ離れていたけれども、当時のある種の少女たちにとっては、内面の現実的自分や理想的自分の像に近いところがあったかと思います。

これはなかなか理解されがたいことのようですが、たとえば美少年漫画の主人公の少年を、読者は自分の恋愛の対象やアイドルとして見ているのかどうかは、男性によく聞かれたことでした。そういう男性像が読者の女性たちにとって男性として理想的なのか、という疑問です。

　ここにはダブルスタンダードのようなものがあるかと思います。もちろん漫画の主人公の少年はアイドルのような異性の恋愛対象としても見られるでしょうが、ある種の少女たち、たとえば当時の私のような、客観的には理想的女性像とはずれたお転婆な面を持つ女の子、とても男性の理想とするような女性像は演じきれないと絶望（笑）していて女性として自信が全くない、自分の中の男の子要素を自覚しているような女の子にとっては、それはむしろ少女主人公よりも自分に近く、自分のこととして見て共感できるキャラクターなのでした。

　私はどうも、子供の頃から、少女漫画を読んでいて、その中の主人公の少女には全く思い入れができなくて、人ごととしか思えなかったし、またそういう風になりたいとも思わず、なれる気が全くしませんでした。こういう他力本願なキャラクター、可愛くて美人でできるだけバカなところを見せて何も持たず人に嫌われず、その気立てのよさがあればいつかは男性が助けてくれる、というストーリーが本当だとしたら、私には永遠に助けは来ないだろうと（笑）最初から諦めてしまっていました。つまり、女性としての自分に自信が持てなくなる一方だったので、少女漫画の主人公ははっきり言って嫌いでした。人のせいにしてはいけないのですが、当時のこういった理想的女性像に、私は最初から敗北感を抱き、打ちのめされて、自分は絶対に女性としては人を頼りにはできないなあ、と思ってしまったのかもしれません。

（3）『カリフォルニア物語』―2

さて、そんな風になんとなく感じていた当時の一〇代の女性というのはけっこう多かったように思います。女性のエリートコース？　から最初からはずれていると既にして自覚してしまっている人たちは、主人公が男性ならばそれだけで安心できるところがあったのかもしれません。どんな美少年でも、男性であるということで、それだけ男性を対象とした恋愛には不利なハンディがあるわけで、いくら理想的女性像からは遠くても生物としては女性であるこちらとはまあトントンの条件……ということで、ちょうど共感できる境遇であったというわけです。

女性にしてはものごとにディープに取り組みすぎるし、理想的女性にしては可愛さが感じられなくなるほど考え過ぎるし、自分でどんどんやってしまうし……という生活上の行動原理も、私のようなタイプは力の弱い男性であるゲイの男性に近く、男性としては男性とライバル関係でありながら恋愛関係ともなるという、ほとんど不可能に近いダブルスタンダードの中で苦悩している姿にも実に思い入れができて切ないぐらいでした。

内面が男の子であっても、男の子という自然の実体そのままで男性に愛してもらえたら、という渇望みたいなものを体現してくれていたのがこれらの美少年主人公たちだったのだと思います。それがないものねだりであることは十分に承知のうえだったからこそ、漫画の少年たちの不毛の愛に深く共感することができたのでしょう。

さて、話は戻りますが、吉田秋生の漫画の中の少年像の新しさというのは、それが現実の少年に近いリアルなものだったということです。萩尾望都や竹宮恵子の漫画の閉ざされた美しい世界に出てくる美少年たちは読者の内面の自分、たとえばユング心理学でいえばアニムスの体現であったと思うのですが、またそれゆえにかれらは現実の少年とはかけ離れた女性的ルックスだったわけですが、吉田秋生の漫画に出てくる少年たちは、読者の内面を映しているのみでなく、男性としてこちらの憧れや恋愛の対象ともなるような、現実に身の周りにもいそうな、リアルな男の子らしさを感じさせるキャラクターでした。

（4）『カリフォルニア物語』――3

吉田秋生は佐藤史生などと同じく、ポスト団塊世代で、二四年組から見ると七歳ぐらい若い世代に属しています。従って、この人たちによってそれまでの少女漫画からすれば全く感覚の違う作品が描かれるようになったのは当然かもしれません。

六〇年代風の古典的少女漫画に出てくる男の子は生身の存在感が薄く、現実にはまずいそうにない女性的ルックスを持ち、自分で何も考えていないような、人間離れした人形的キャラクターでした。それはもちろん、少年漫画に出てくる女の子像がやはり現実味が薄かったのとおあいこなのですが、これを言ってしまうとおしまいかもしれませんが、要するに、当時の漫画家の人たちに異性と深く日常的に接する経験がほとんどなかったのが原因でしょう。

男性漫画家にとってさえ、漫画なんて男子一生の仕事ではない、と、世間に軽んじられていた時代です。まして少女漫画の描き手となると、ほとんど一〇代半ば、中学生か高校生でデビューし、出版社に囲い込まれ、男性といえば編集の担当さんぐらいとしか接することなく数年間で使い捨てられる、というのが普通だったようです。少女漫画とは現実離れした「蝶よ花よ」の浮き世離れした夢を描くもので、描き手が世間ずれしてしまっては読者と感覚がずれてしまうから、「世間知らずでいい」と思われ、実際に一〇代半ばから世間一般と隔絶された生活をしていましたから漫画の世界以外を知る機会はまずなかったでしょう。男性漫画家の場合にも、この時代には職人的な弟子入り修業などの習慣が生きていたようです。

よくも悪くもそういった職人芸的な世界であった少女漫画において、その世界でのみ通じるマニエリスティックな表現や決まり事が増えたのは当然のことですが、吉田秋生はそのような前時代の少女漫画の伝統とは切れたところから漫画を描き始めた人でした。彼女は美大出身で、絵の技術には確かなものがあり、斬新な映画的構図やコマ割りなど、それまでの「少女漫画らしさ」という先入観を知らないがためにこだわらないですむという強みが存分に発揮されていて、読者の目を惹いたのです。

(5)『同級生』

吉田秋生の漫画の少年を見て初めて、現実に身の周りにいる男の子に近いキャラクターを少女漫画の中で発見することができました。彼女は男の子の考えの傾向や行動パターンをよく知っていて、男の子の言葉遣いもリアルに再現していたし、顔の描写だけでなく男の子の身体全体の描写にも迫力がありました。これは実際に毎日身近に同年代の男の子を見たり、友だち付き合いや恋人としての付き合いをして、彼等の考えをよく聞き、猥談の相手さえできるフランクな男女共学の同級生的な関係を持てたからだと思います。

やはり吉田秋生の同年生まれの柴門ふみの代表作の一つが『同級生』であることは象徴的かもしれません。この世代に至って、中高生の男の子と女の子の友だち付き合いや自由な恋愛やデートといったことがようやく一般化し普通になったことを反映しているような気がします。

それまでの少女漫画の男性といえば、ほとんどちゃんと話が通じない、何を考えているのか分からない、というより、恋愛の対象という理念をキャラクター化したものだから、女の子にとって都合のいい言葉や行動しか取らなかった非現実的な存在だったのが、ここにきてようやく、私たちがふだん学校で普通に話をしている同級生の男の子と同じように話ができそうな、実在感のある、血の通ったキャラクターに出会えたことは実に感激ものでした。吉田秋生の少年たちとの出会いこそが、私にとって初めての「同級生の男の子」たちとの再会でもあったのです。それは一九七〇年代後半のことでした。

ヤクルトファンという生き方

1

こんなことをわざわざカミングアウトしても誰も聞いてないと思うのですが、私は既に半世紀を超えるヤクルトファンです。父の代から考えると、球団発足の一九五〇年代から、七〇年近いヤクルトファンという、全く自慢にもナンにもならない家系的趣味？　なのです。

このごろは名刺にわざわざ「〇〇ファン」と明記するという人もいるのだそうですが、プライベートならば、それでかなりお手軽に分かりやすく、しかもひっかかることもなくキャラを理解されるかもしれませんね。というのも、球団によりファン気質というのがけっこう違うみたいだからです。

もちろん個人により程度の差だとかイメージに当てはまらないケースもあるでしょうが、ファンのステレオタイプのイメージ像というのがそれぞれの球団にあって、よくマンガとかお笑い、一般の日常会話でのジョークのネタになっていますね。特に突出しているのが阪神像なのですが、これはともかくムダに熱い、テンション高い、情熱的で濃いタイガース愛にあふれていて、集団でいるとちょっと怖くて近寄れないような感じとでも言えばいいのでしょうか。

阪神ファンは何事もまずタイガースのことを優先するため、配偶者に「私（オレ）とタイガースのどっちが大事なんだ」と詰め寄られたりとか、会社にバレるとまずいので応援グッズなどはロッカーに隠していたりとか、それでもバレバレなので（忍ぶれど色にいでけりわが虎愛はって感じ？）もう開き直って終業後球場に駆けつけたりとか、まあいろいろとあるみたいですね。

阪神ファンはほぼ大阪人、あるいは大阪人なら阪神ファンでないと肩身が狭いというぐらいらしいので、阪神ファン気質というのは大阪人気質や大阪人のイメージとかなり重なっているようです。なので、ルックスや振る舞いからすぐそれと分かる阪神ファンも多いのですが、ふだんはおとなしくて真面目にじみーに風景に溶け込んでいる隠れ阪神ファンも相当いるらしく、そういう人は球場の応援席に座り、タイガースのユニをまとって黄色と黒のストライプのメガホンとかタオルを身につけたとたんに性格が豹変（虎変？）していきなり情熱的応援を始めたりするらしい。「クレヨンしんちゃん」のマンガで、しんちゃん父子が間違ってタイガース側応援席に座ってしまい、ビビっていたところ、隣がおとなしそうなメガネのおじさんだったので「ああよかった」と油断していたら、試合が始まったとたんにそのおじさんがやはりいきなり騒がしい応援を始めたので小さくなっていた、という話があったのを思い出します。

阪神ファンというよりプロ野球ファンであれば忘れられないのが一九八五年の阪神優勝なのですが、長年の忍耐がようやく報われた阪神ファンが集団で酔っぱらって暴徒化し、KFC道頓堀店のカーネル・サンダースおじさんの人形を勝手に担ぎ出し、「バースやバースや」と盛り上がりながら道頓堀川に投げ込むという暴挙に出て、そのまま人形は行方不明になったという事件がありました。「だからそのあとずっと阪神が優勝できなくなったのだ」という、いわゆる「カーネル・サンダースおじさんの呪い」の都市伝説は、アメリカメジャーリーグでも知られているぐらいにグローバル展開（日米だけかな）していますね。バースといえば「神様仏様バース様」と阪神ファンがあがめるカリスマ的外国人助っ人でありまして、掛布と岡田の三者連続ホームランの映像はいまだに流されるのを見ることがあります。

ネイティブアメリカンが入っているという、ちょっと寡黙で神秘的な雰囲気もするバースのたたずまいが印象的でしたが、彼はその後ずっと故郷オクラホマ州の牧場主をやっているそうで、時々来日して阪神ファンの熱烈歓迎を受けているとか。

三者連続ホームランというのは他にもいろいろあったと思うのですが、どうしてもあの場面ばかり思い出してしまうというのは、あまりにもシチュエーションと役者がそろいすぎていて印象の強烈さにおいて他を圧倒してしまうからなのだと思います．あの年の阪神は選手のキャラの立ち方においても絶頂であったかと、その後も考えてみればけっこう個性的な選手が出てきてたんですが、どうしてもあの年のラインナップと比較して地味でおとなしく見えてしまうのがもったいないですね。

阪神の場合、選手よりもファンのほうが目立っているという総目立ちたがりのイメージがありまして、あまりやる気がなく脱力系、おとなしくルールを守る常識人が一般的なヤクルトファンからすると、過剰なことこのうえなく、ヤクルトのホームであるはずの神宮球場においてさえも、ヤクルトファンのほうが少数派となってしまい、気を遣って小さくなっている始末……この過剰な熱さと悪く言えば押し付けがましさが一般には嫌われる要因となっていまして、アンチ阪神の多くが、球団よりもファンがうざったいというケースをよく耳にするのです。

阪神ファンの地元である大阪周辺であれば、もちろん堂々と阪神ファン全開モードでいられますけど、阪神ファンがほとんど一方的に敵視しているジャイアンツの地元である東京エリアですと、Gだのカープだのヤクルトだの横浜だのドラゴンズだのパリーグだの他球団のファンが多数派ですから、隠れとなっている阪神ファンも多いようですね。ただ、大阪人にありがちな、アウェーにおいてさえも全国で大阪弁で押し通すといったタイプであれば、大阪人＝阪神ファンに違いないというお約束で、何も言わなくとも忖度してもらえることでしょう。東京エリアなら、阪神ファンとバレたって、別に大阪で巨人ファンがバレると身の危険を感じるといったような事態にはなりませんのでそんなに問題ないのでは。

　阪神ファンというのは、大阪はもとより、全国区で発症するもののようで、東日本や北日本エリアであっても、特に感染源も分からないまま個別で発症します。阪神ファンとして知られる有名人のサンプルの一人で北杜夫さんのことを思い出すのですが、彼は東京生まれ東京育ちだし、長野や東北で学生時代を過ごしたはず。北杜夫さんは躁鬱病だったことでも有名なんですけど、躁鬱の波と阪神の成績がけっこう連動していたらしく。それほどでなくとも、阪神ファンの場合には特に、機嫌が悪くむっつりしていたら、「ああ阪神が負けたからね」と簡単に理解されるのも便利といいますか、本人も周りも何でも阪神のせいにできてすぐ解決できるから助かるという面もあるかもです。

ヤクルトファンの有名人といえば、まずお笑い芸人の出川哲朗さんで、その他では作家の村上春樹だとか、漫画家のいしいひさいち先生だとか、歌手のさだまさしなんかが思い浮かぶところです。やはりみんなあまり情熱なんかを押し出してきそうには見えない面々ばかりですし、見た目地味で、顔出ししないいしいしい先生をはじめ、恥ずかしがり、ストレートに感情を表したりせず、目立たず控えめをよしとしている感じがありますので、そのあたりのコミュ力なんかで阪神ファンには圧倒的な差をつけられているというより、たぶんいろいろと正反対なところがあるんじゃないでしょうかねえ。

いつぞや阪神ファンに聞いたところでは、阪神ファンとしてはヤクルトのことは手強いと評価しているとのことでした。ただ、ヤクルトはどうも巨人に弱く、すぐに勝ちを献上するものだから、その点で「Gの犬やろおんどりゃー」とか、罵倒のターゲットになっているのでした。ヤクルトは相手が阪神だとなぜか案外と強かったりするもんでよけいに不興を買っているのです。

阪神ファンは全国に分布していまして、人数ではすでにGファンを抜いているらしく、球団は黒字経営でお金があるので、資金力においてはソフトバンク、巨人などと並んでトップグループです。阪神ファンは「聖地」と呼ぶ甲子園球場に、かなりの遠隔地からでも巡礼に来るファンがたくさんいて、チケット代のほか、応援グッズをそろえたり、球団グッズを買い込んだり、応援中にビールだのおつまみだのも気前よく買ってくれたりと、ともかく阪神のためならばお金を惜しまない金離れの良さといいますか、太っ腹という点でも阪神ファンは群を抜いていますね。知人友人で横浜や金沢在住で年に数回は甲子園に行き、そのためのワンルームマンションを球場近くに購入しているという人までいます。その人の家族は「経済力のある阪神ファンは怖いですよ」などとコメントしてるそうです。ヤクルトファンも神宮球場のことを「聖地」と呼んでいますが、阪神ファンのいう「聖地」とは相当に温度差があります。だいたい神宮を聖地と呼ぶくらいにコアなヤクルトファンは数が少ないですしいまいち勢いにおいてショボさが否めないのであります。

阪神は巨人と並び、他球団から外国人助っ人やベテラン選手などを資金力にものをいわせて強奪することでも知られていますが、ヤクルトの場合は特に巨人に取られるケースが多発しています。外国人助っ人を見つけてくるグローバルスカウティング力があるのは認められているのですが、その外国人が日本球界で活躍するとすかさず横からかっさらっていくのが巨人の常套手段で、高い年棒が払えないというヤクルトの足元を見たやり口に、ヤクルトファンは「ああペタジーニもラミちゃん（ラミレス）も」とぶつぶつ言いつつ、諦めが早くおひとよしなものだから、「Gでもがんばれよー」などと応援したりしてるのでした。もしもこれが阪神からGに取られたりしたのであれば、阪神ファンは「裏切り者」だの「守銭奴」だのとさんざん罵詈雑言のヤジを飛ばすことでしょうが、ヤクルトファンはまずそういうことはしませんね。それにしても、ヤクルトが苦労して見つけてきた外国人助っ人や手間ひまかけて育成した選手なんかをかっさらっていかないでほしいな。そういう手抜きしないで自前で若手の育成したりとか、カープみたいにカリブ海の国に野球アカデミー作ったりとか、もっと長期的に見て未来投資しないとジリ貧になりまっせ、ジャイアンツさんよぉー。まあどうせ弱小ヤクルトファンのつぶやきですがねー。

阪神は選手よりもファンのほうが押し出しが強く目立つので、相対的に選手が地味めに見えてしまいますが、新人選手はこのファンの強烈な愛情表現にビビってしまい、ついていけなくてフェイドアウトしてしまう子もいるらしいですね。阪神ファンはともかく熱いですから、選手の調子がいいときには大喜びで声援が飛ぶ一方で、悪いときには容赦なく罵声が飛びます。関西大阪の地元マスコミが二四時間営業で張り付いて選手のプライベートまでずかずか踏み込む監視体制というのも、人気球団の選手ならではのプレッシャーであり悩みであり、昨今メンタルが弱い自覚のある若手選手はGと阪神を避けることもあるというのはとても理解できます。野球以外のプライベートなことまでいちいち何やかや言われるんじゃ、人に気を使う普通の日本人気質の選手だったら、それに負けてしまい野球に専念できないじゃないですか。

阪神ファンというのは、とても忍耐強く、「ダメ虎」と言いながらもタイガースを見捨てることはないので、そのあたり、「出来の悪い子ほど可愛い」という親心にも似ているでしょうか。低迷期のほうが長くてダメな時を耐え忍ぶということについてはヤクルトファンも同じ条件ではあるのですが、阪神はGのV9時代にはGのライバル役を張っていたれっきとした名門球団でありますし、ファンが多くてリッチであるというあたり、最初の国鉄スワローズ時代から弱小キャラであったヤクルトとは初期設定が違いますね。ネーミングからしても、虎とつばめじゃねえ、最初から全然強そうに見えないんですけど。ヤクルトファンは、だからそもそも強いということはヤクルトには期待してないんだと思います。むしろ弱いからこそ癒されるみたいな、でも阪神ファンのようにベッタリ情熱的ではなくて、「うんうんいいよ、ずっと応援してるからな」みたいに、ちょっと距離感のある思い入れの仕方で、阪神ファンの愛情が親心とすれば、離れていてもずっと裏切らない、そっと隣にいてさりげなくサポートしている一生ものの友情、とでも例えられるかもしれません。いささか美化しすぎかもですが。

ともかく、長い低迷期を耐え忍ぶ忍耐強さにおいて阪神ファンとヤクルトファンは似てるんですが、その耐え忍び方が違うのかもしれません。阪神ファンは低迷期もずっとトラを叱咤激励し、喜怒哀楽をシンプルに表現し、ディスるというかたちで阪神をサポートし続けているのですが、ヤクルトファンの場合には、「あーあ、仕方ないな今日も負けたけどまあいつもどおりだし、想定の範囲内だよね」「ヤクルトらしくていいですよわっはっは」などと軽く受け流す感じで、むしろダメを楽しみ、ダメダメ脱力感にひたりきって、いちいち「なにくそ」などとは思わず、ずっと汗を流して応援し続けている阪神ファンの後ろでダラーと寝転がって低迷期を過ごしており、ファンとしてはいまひとつ努力が足りないというのかサボタージュといいますか、危機感なくのんきなんですよね。ファンとしてどうなのよ、と他球団ファンからはどつかれそうな態度なんですが、ともかくだらけてようと居眠りしてようと、なんとなくヤクルトの近くについている、そうやって寝て過ごしていたら、いつの間にかヤクルトが強くなってたり優勝なんかしちゃったり、なんてこともあったりするのでした。このいいかげんさといいますか、ケセラセラといいますか、他力本願といいますか、これでちゃっかりヤクルト優勝しちゃったりしたら他球団ファンに「ずるい」と非難されかねない態度ですね。

3

さて、選手よりファンのほうが目立つといえば、ロッテファンなんかもそうではないでしょうか。ロッテは球団イメージも地味ですし、これといったくっきりキャラの立つ選手というのも、一般レベルの認知度からいうとあまり見当たりません。ただ、ロッテファンは一二球団一質がいいとプロ野球ファンからは認められているのです。ロッテファンというと、黒がイメージカラーで黒いタオルなんかを応援席ライトスタンドで振り回し、数は少ないとはいえ、集団で統制のとれたキレイな応援をします。黒い集団がいるから怖いなんて言われたりもするんですが、ウェーブなんかも見て美しいですよ。規模としてはショボいんですが。パリーグのファンは真面目だとオリックスファンクラブに入っていた妹が言っていましたが、ロッテのファンもとりわけ真面目。少数でもコアなファンが必ず千葉マリンスタジアムに集まり強固なチームワークでルールをきっちり守り礼儀正しく、けれども熱のこもった応援をしています。これは千葉マリンのライトスタンドに何度か足を運んで自分の目で確かめたことなんで確かかと。

ロッテファンというと、いまだに破られていないプロ野球記録である一八連敗をロッテが喫した際の暖かい応援ぶりが感動を呼び、一八連敗中もずうっと応援し続けていたその究極の忍耐力というのが全プロ野球ファンから見て「ファンのかがみ」としてリスペクトされているわけです。「今日こそ勝ってくれ」「今日こそは」と次第に緊迫感と哀愁が強くなってくる横断幕、「信じてるぞ」「オレたちは見捨てない」といったフレーズが涙ものでありました。

いつぞや東京ドームに行った時、巨人―横浜戦を観戦したのですが、ヨシノブ選手のホームランなどは出たものの試合は巨人劣勢。通路に座っていたGファンのおじさんが、「今日も負けるのか」と、うんざりしたようにつぶやいていました。Gがその時二連敗していたからなのですが、そのおじさんの心底がっくりした表情を見て、「うわー巨人ファンて贅沢でこらえ性がないなあ」と、ヤクルトファンは正直驚いたのであります。なぜならば、三連敗くらいでめげているようじゃ、ヤクルトだの横浜だののファンはやっていられないですから。巨人ファンはやはり強い巨人が好きで、勝っていないとすぐに離れたりするんだな、根性が足りんわ、ロッテファンを見習え、などと心の中でつぶやいておりました。

こんなことを考えるのは邪道なんですが、配偶者を選ぶならば、ロッテファンがいいかもなあ、なんて思ったりします。長い人生をずっと一緒に歩むのであれば、いい時ばかりでなく悪い時も多く、むしろ耐え忍ぶ時期のほうが九割であるというのが六〇年以上生きた実感ですので、苦難の時でも一緒に耐え忍んでくれそうなパートナーとしては一番信頼性があると思えるからです。巨人ファン的気質の人だと、いい時はいいけど悪い時はあっさり見捨てられるかもしれないなあ、などとつい思ってしまう。ヤクルトファンも、まああんまりあれこれ実務的助けにはならないかもですが、距離を保ってなんとなくずうっとサポートしてくれる感じするのでいいかな。ベイファンも同様。阪神ファンもいいんですが、ちょっと距離感が近すぎというのか、調子悪い時はいろいろ罵倒されそうで、そのあたりは合う人合わない人いそうですね。これはあくまでイメージの話なんで現実とはズレてますからマジに受け取らないようにしてくださいね。

ロッテにつきましては、息子が小学生のころロッテを含め三球団ほどのファンだったので、ロッテこどもファンクラブに入っていたことがあります。今はどうか分かりませんが当時は年会費三千円ほどで、マスコットキャラのぬいぐるみだの応援タオルなどの球団グッズ、パンフレットなどが送られてきて、ファンクラブ通信とか千葉マリンスタジアムの割引券なども入っていたかと記憶しますので、これはずいぶんとお得というのかコスパがよく、ファンサービス満点だなあと思ったのを覚えています。特に子供のファンなら将来性あるから大事にしてて先行投資なんでしょうか。

それでわざわざ息子を連れて千葉マリンスタジアムに何度も出かけたのですが、地元の海浜幕張駅の近くに「マリーンズボールパーク」というロッテ球団公認ショップがありまして、そこで貴重なロッテグッズをたくさん売っていました。熱烈ロッテファンの親玉らしき店長さんのおじさんに、息子がよせばいいのに「僕ロッテが三番目に好きなんだー」などとバカ正直に言ったものだから、そのおじさんが「三番目?」とむっとした顔で息子を睨んだんですけど、まあ子供だから、と許していろいろとロッテの話をしてくれたのを思い出します。球場ではライトスタンドの応援団の中に紛れ込んでいたのですが、隣に座っていた知らないお兄さんが息子に応援グッズを貸してくれて、応援のやり方を優しく教えてくれたのでした。それで小規模ウェーブなんかにも無事参加できたし、親子で楽しめたのでいい思い出です。

ところで、プロ野球ファンというのは、一つの球団一筋のファンというのもいるんですが、ともかくプロ野球、野球そのものが好きという場合には、いくつかの球団のかけもちファンで、好きでない球団でもそこの選手個人は好きというケースがけっこうあります。妹とか私はそうなんですが、こういうのは、たとえば阪神ファンなんかからすると、「おまえは敵のスパイか」なんて邪道視されるようですね。ヤクルトファンの集まるSNSコミュなどを見ていますと、「ヤクルトとカープとソフトバンクのファンです」などとかけもちファンであることをオープンにしている人もけっこういるんですが、ヤクルトファンはそういうことにも寛容で何も言われませんね。阪神ファンコミュを覗いたら、ちょっとでも対戦相手寄り、G寄りの発言したりするとボコボコにされてるのを見ることがあり、しょっちゅう内乱や炎上が起きていまして、何事も平和的でゆるーいヤクルトコミュとはえらい違いで熱血というのかムダエネルギーあふれてるなあとつくづく感心したのでした。

4

さて、この年代のおばさんで野球に詳しい（レベル低くとも）人は珍しいらしく、「野球に詳しいみたいだけどどこのファンなの？」と聞かれることがあります。よそのエリアの人たちだと、神奈川県人だから「横浜ファン？」とまず想定されるようなんですが、そこで「ヤクルトです」とカミングアウトしたとたん、相手や周囲が爆笑というリアクションが多いのですね。「物好きだなあ」とか、「なんでわざわざそんな弱いチームを」といったニュアンスが空気から読み取れてしまうんですが、ともかく感心なんてされたことは皆無ですね。だからお笑いネタ、自虐ジョークにはなっても、全く自慢にはならないわけです。ただ、ベイファンと似た方向で、「まあMがかった性格のいい人なんだろうな」といった理解のされ方をするのが一番マシなところでしょうか。ともかく誰にも対抗心なんて持たれないし、それも寂しいかもなんですが、「まあ気張ってな」などと、阪神ファンに励ましてもらったり、「一緒にクライマックスシリーズ行こうな」なんて、カープファン、ベイファンには仲間意識を持たれたりするのが思わぬラッキーなところでしょうか。

だいたいカープ、ヤクルト、ベイというのはかなりの長期間にわたりBクラス仲間でしたから、お互いに共感できる部分が多いわけですね。SNSコミュでこの三チームのファン合同コミュもできているぐらいです。このごろはカープがすっかり強くなり、ベイもBクラスから抜け出しているので、安定Bクラスは現在ヤクルトのみとなっているのですが、ベイ、カープよりもヤクルトは歴史上優勝回数が多いですし、九〇年代黄金期の記憶が残っているため、その遺産で何とかやってるってところでしょうか。

ヤクルトの七〇年弱にわたる球団史を見ますと、リーグ優勝は七回、日本一が五回、Aクラスが一九回、Bクラスが四九回となっています。つまり優勝は全体の一割、Bクラスの低迷期が七割以上となりまして、まさしく、長期的には低迷期のほうがはるかに長く、そこを耐えに耐える、あるいはやり過ごすという能力？　がなければヤクルトファンは続けられないですね。ヤクルトを傍らに見ながら半世紀以上過ごしてきた自分の人生の実感からしましても、これはまさしく人生そのものという気がして、ヤクルトファンになったのはネタでもダテでも何でもないというのが自分ながら分かるのでした。

ベイに至っては、やはり七〇年弱の球団史において優勝は一九六〇年、一九九八年の二回のみ。Bクラスは五一回で、ヤクルトをはるかに上回る？　成績であり、ベイの優勝は一生に一度見られるか見られないかというぐらいに、もはや天変地異に近いミラクルなのですね。阪神大震災と東日本大震災が一六年間隔で起きたのを考えれば、天変地異よりも頻度において低く、あまりにも珍しいファンタジーとしか思えないので、いまだに一九九八年のベイ優勝の記憶は鮮やかです。それにしても、セリーグは六球団しかないというのに、七〇年に二回とか七回とか、あり得ない数字ですわな。

ヤクルトファンというのは、そもそも勝つことにこだわっていない、勝負ごとであるスポーツ、プロ野球で勝つことを目標としていないというのは、一般的に一番大切とされているところを諦めているわけで、大いなる矛盾です。ただ、そこを諦めてしまえば、いろいろと多様な視点で野球を見ることが楽しめて、野球そのものの本質的な部分が見えてきたりするので、本当に野球が好きな人ほどマイナーな弱いチームのファンであったりするのかもしれないと思います。勝つこと、強いチームが好きな人は、その部分しか見ていませんけれども、勝負にこだわらずに見ていれば、個人成績を見たりとか、細かいプレーや職人技、選手一人一人の個性、監督の采配や戦術、人の使い方などを見ることができて、いろいろと感動させられたり生きるうえでの参考になったりするのです。

たとえば負け試合であっても、「今日は山田哲人のホームランが見られたからいいや」とか、リーグ最下位の成績でも「今年はバレンティンがホームラン王になったからよしとしよう」と、どこか別のところで個別の小さい楽しみを見つけることができる。あるいはマスコットのつば九郎のパフォーマンスを楽しんだりとか、中日戦であればドアラとつば九郎の仲良しツーショットに癒されたりとか、もはや試合とは関係ないところでハッピーになれたりするのです。

そうやって長い低迷期を小さな幸せを見つけながら耐えていく、あるいはお気楽にやり過ごしていくという、忍耐の仕方が身につくので、弱いチームのファンほど耐久性があり、ロングスパンでサバイバルしていける能力が養われるかと思います。優勝しなくとも、勝たなくともハッピーに過ごせるということに気がつくというのはなかなか大事なことじゃないでしょうか。

だいたい、プロ野球は、優勝するチームであっても勝率五割ちょっとぐらいが普通なので、強いチームでも半分は負けるのです。打率ベストテンの一位の強打者であっても三割台ですから、七割はアウトになるわけで、失敗のほうがずっと多い。なので負けた時、アウトになった時もめげずに次をめざしていかないといけません。どうやって勝つのかを見るのも面白いのですが、それ以上に、負けた時の対処の仕方だとか、忍耐の仕方だとか、ともかく気持ちにおいてトータルで「勝つ」よりも「負けない」ことを目標とするほうが、人生を生きていくうえで大切なのでは、と野球を見ていると気づかされます。そのあたりが野球の最大の魅力であり、ヤクルトファンをやっていることと自分の人生を重ね合わせてパワーをもらえるわけなんですが、こんな野球ファンというのは珍しい存在でしょうか？　野球を見る視点としてはかなりおかしいでしょうねえ。

5

さて、阪神ファンの人に「ヤクルトファンはいつもカサを持っとるから雨が降っても安心やね」と言われたことがあるのですが、「いえいえ、あの応援用のカサはサイズが小さくてあまり雨よけにはならないんですよね」と説明しました。ライトスタンドでいっせいにカサを広げて「踊り踊るなら、東京音頭〜ヨイヨイ」と、東京音頭に乗って踊ったりするヤクルトファンならではの応援は有名です。応援用のカサは隣の邪魔にならないようサイズを小さくした特製カサで、別に売っています。この集団でやるカサの応援、以前短期間ながらヤクルトで活躍した伝説のメジャーリーガー助っ人ホーナーは、「あのカサの応援には驚いて調子が狂ってしまった」みたいなこと著書の『地球（アメリカ大リーグ）のウラ側にもうひとつ違う野球があった』に記していました。メジャーではああいう集団で盛り上がる熱血応援というのはあまりないらしく、日本のプロ野球ファンの応援はいささか過剰でやりにくいと感じたようです。

ホーナーといえば、大柄で貫禄十分で、初打席で特大ホームランを打ってファンが大盛り上がり。当時の若手チームメイトだった池山だとか広沢あたりがすっかり心酔してしまい、池山が「ホーナー先生」などと呼んでバッティングについて教えを請うていたとのこと。ホーナー自身も、ヤクルトの選手仲間のうちでは「池山はバッティングセンスもよくてナイスガイだった」なんて著書でコメントしていました。池山ってとりわけ明るくて人なつこい性格で、日本人としては「ちょっとアホなんじゃないの」と思われるぐらいに明けっぴろげな人でしたからね、アメリカ人受けするんでしょうが、まあその後ホーナー先生のご指導のおかげか、「ブンブン丸」と呼ばれるぐらいの強打者に成長しましたね。ホーナーはヤクルトにいた期間も短いですし、トータルの成績で見たら特段目立たなかったのですけど、ともかくしょっぱなのあの大ホームランの印象が強烈で、忘れ難い外国人助っ人さんです。成績からしたら、それこそペタジーニだとかバレンティンのほうがずっと上なんですけどね。

東京音頭は、阪神ファンが必ず歌うかの有名な「六甲おろし」と同様ヤクルトファンの必殺応援歌なんですが、六甲おろしほどは一般に知られていませんね。ヤクルトファン＝カサというのが他球団ファンからするとイメージされるようですが、他にはあまり応援グッズというのはないんです。阪神ファンは多種多様な応援グッズを持っていて、負け試合の後にはみんな応援メガホンを外野に投げ入れるんですが、あんなにいちいち負け試合ごとにメガホン投げ込んでいるんじゃ、年間には相当数のメガホンが必要とされると考えられ、投入用メガホンの買い置きをしてるんだろうか、などと考えてしまいます。タイガースファンの部屋はタイガースグッズであふれているため、見てすぐに阪神ファンとバレるのだそうなんですが、ヤクルトファンだとそんなことはないですよ。

ヤクルトの前身といいますか、最初に球団が設立したときは「国鉄スワローズ」でした。親会社が鉄道会社、今のJRグループに当たるのですが、戦後の日本プロ野球発足の際には親会社が鉄道会社というチームが四つ以上ありまして、一九五〇年ごろ、戦後すぐの復興期に鉄道インフラというのが花形産業であったことを反映しているそうです。今も阪神、西武が鉄道会社でプロ野球オーナーなんですが、近鉄などはなくなってしまいました。国鉄スワローズ時代からファンであった父は金田正一投手の活躍をよく覚えていると言っていました。球団そのものはずっと弱くて低迷し続けており、ジャイアンツやタイガースから見て脇役だったわけですが、個々の選手を見ると、金田投手とジャイアンツに入団したばかりの長嶋茂雄選手の対決など記憶と記録に残るヒーローがいたのです。

その後球団の親会社は産経新聞社に替わり、「サンケイアトムズ」を名乗るようになったので、当時九歳だった私は、鉄腕アトムの絵をユニフォームの腕につけているアトムズ選手を見て、手塚治虫の熱烈信者だったので単純にファンになってしまいました。新聞社が親会社になっているのは、あとは巨人と中日ですね。一時は東映フライヤーズだとか松竹ロビンスだとか、一九六〇年前後ぐらいでしょうか、日本映画業界の黄金期には映画会社がプロ野球のオーナーになっていた時代もありました。

それから産経新聞社から食品のヤクルトに親会社がまた替わりまして、ヤクルトアトムズ、ヤクルトスワローズと変化してくるわけです。鉄道→新聞→食品という親会社のリレー、時代の流れをよく反映している気がします。スポーツ新聞のサンケイスポーツがヤクルト情報をメインとした紙面作りを今もしているのはこういう縁でしょうか。一時はヤクルト情報を知りたくて「サンケイスポーツ」を購読していたこともあります。

昭和三〇年代、四〇年代あたり、テレビ放映があるのはジャイアンツ戦ばかりだったので、特に地方の子供だとジャイアンツしか知らず、ほとんどの子供がジャイアンツファンだったかと思います。V9時代の長嶋、王をはじめとした、柴田とか高田とか土井といった選手たちのキャラクターや役割、プレースタイルなどをいまだによく覚えています。

ヤクルトはセリーグの球団ですから、巨人戦全部見ていれば、五分の一は対戦相手としてヤクルトが出てきます。当時のジャイアンツの好敵手は阪神で、巨人―阪神戦はとりわけ人気で盛り上がっていましたね。もう地上波でプロ野球の試合を放送するということはほとんど見られなくなったのですが、球団別に契約すればその球団の試合を全部見られるようになっています。ヤクルトの放送を見たいのですが、うちでは契約していないので、ネットの

SNSのヤクルトファンコミュでヤクルトの試合を見ている人がボランティアでやってくれる実況レポートや、やはりネットのプロ野球一球速報などでヤクルトの試合を逐一チェックしたりしていています。中には神宮や他球場からの生中継をやってくれるヤクルトファンもいます。

親会社ということでいえば、現在はソフトバンク、楽天、DeNAとIT企業が目立っているのも時代の流れでしょうか。それから今世紀に入ってから、プロ野球球団の地元密着型経営が目立つようになりまして、北海道に移転して成功した日本ハムをはじめ、東北楽天、千葉ロッテ、埼玉西武、横浜ベイスターズなどなどエリア名を積極的に球団名に冠してローカルに根をおろすことで観客動員数を増やすことに成功しているようです。ヤクルトも「東京ヤクルト」と東京ローカルであることを表明しているのですが、神宮はともかくアクセスが良いため、対戦相手のファンも来やすくて、ヤクルトファンよりも対戦相手のファンで一杯になっているケースが多くなっています。ヤクルトのホームだというのに、阪神戦だと観客席がまっ黄色になるし、広島戦ならば真っ赤、横浜戦なら真っ青、巨人戦ならオレンジに染まるといった具合で、球団経営的には◯なのですが、ホームなのに肩身の狭い思いをしているヤクルトファンです。

6

さて、プロ野球ファンのうちには「アンチ巨人」というカテゴリーに入る人たちもいるのですが、これは特に阪神ファンとか中日ファンとか他球団のファンではなくて、ともかく巨人が負けると嬉しいという人たちなので、基本巨人ばかり見ているという点において逆巨人ファンですね。「ヤクルトファンってアンチ巨人なの？」とよく聞かれるのは、巨人と同じ東京にホーム球場があるからなのでしょうが、確かにアンチ巨人の面はあるんですけど、本物のアンチ巨人ファンほど積極的アグレッシブなアンチではなくて、消極的アンチ巨人とでも言ったらいいでしょうか。東京人ではあるけど、巨人みたいに強くなきゃいけないとか、勝たないといけないとか、紳士たれだとか、そういうのについていけない、別に強くなくとも勝たなくともいいから、かっこわるくともいいから、気楽にダラーっと、脱力しつつ、すいてる席で寝転がって野球そのものを楽しみたい、というような感覚じゃないかと思います。

やはり古くからのヤクルトファンである村上春樹さんは、神宮がすいているので、よく外野席に寝転がって若いころのひとときを一人で過ごしていたのだそうです。すいている神宮球場は立地的に東京の一等地にある穴場スポットです。今でもライトスタンドにはヤクルト応援団が陣取っていますけれども、人数が少ないですし、だいたいいつも来るメンバーは決まっていて顔見知りが多いとか。熱心に応援する人たちもいますが、後ろで空いてる場所があれば、そこで寝てる人がいようと、マンガを読んだりゲームやってる人がいようとほっといてくれるのでとても居心地がいいのですね。このゆるさとアットホームさがヤクルトファンの魅力なんです。阪神の応援団なんかだったら、一人で寝てたりしたら、「自分だけさぼってんじゃねーよ」みたいにどやされそうで怖いんですけど。別にみんなと同じことやってなくとも許される雰囲気はありがたいのですね。

巨人が首都の老舗名門大企業だとすれば、ヤクルトは首都圏の中小企業といったところかな。ともかく気やすいというのか、敷居が高くないところがいいのです。アンチファンといえば、アンチ阪神もいるんですが、これは実はアンチ阪神というよりアンチ阪神ファンであることのほうが多いようで。球団そのものや選手よりもファンが嫌われてるというのは阪神ファンのインパクトと押しの強さ、過剰エネルギーがはっきりし過ぎているせいでしょうか。ヤクルトは「アンチがいない球団」と言われているのですが、それはあまりにもやる気が感じられなさ過ぎてスルーされてるということでしょうかね？　嫌われるというのは気にされてるわけなんで、存在感がある証なんですけど、それさえないというのもある意味寂しいような。東京に対して無条件に一方的敵意と対抗心を燃やしている大阪人、阪神ファンでさえも、ヤクルトファンに対しては友好的だったりするのが妙におかしい。

ベイファンにつきましては、だいたいはフランチャイズの地元横浜市民及び神奈川県人が多数派なんですが、よその地方でもたまにファンという人がいまして、そういう人たちは昔の大洋ホエールズ時代からのファンであったりします。私は横浜市民だったこともある神奈川県人ですから、ヤクルトの次にベイのことを気にかけており、一番近くにある横浜スタジアムには神宮よりも頻繁に足を運びました。ベイファン気質はやはりハマッ子気質と重なるところがあって、ともかく勝負に執着があまりなくてあっさりしてる点がヤクルトファンと似ていますね。ヤクルトファンの方がネガティブ思考の人を見かけるんですが、ベイファンはいくら負けても淡々としていて基本ずっと明るいところがいかにもハマッ子らしいような(偏見そのものですが)。

ともかく横浜スタジアムは近くて行きやすいので、ベイの応援というよりもヤクルトや巨人の応援席に坐ることが多くて、レフトスタンドの思い出のほうをよく思い出します。まったり試合観戦しながら横浜名物シウマイ弁当とビールをいただくのが快適です。阪神ファンの友人と一緒に横浜スタジアムで阪神―ベイ戦を観戦したことがありますが、たまたま横浜港で花火打ち上げがあり、阪神応援席側からしか見えなかったので、「そっちからは見えないだろうざまみろ」といった、何かといちゃもんをつけてくる攻撃的な阪神ファンのヤジが飛んでいました。

一九九八年のベイ三八年ぶりの優勝のシーズンはさすがにスタジアムがベイファンで満員となり、大魔神佐々木の活躍に熱狂していました。九回に「ピッチャー佐々木」とアナウンスがあり、大魔神が出てくると、胸がドキドキしたのをよく覚えています。あの年の佐々木投手は神懸りみたいなオーラが漂っていましたね。

優勝の年には、いわゆるにわかファンというのがわらわらと湧いて出ますし、芸能人なんかでも便乗していきなりファンを名乗る人などが出てきたりするんですが、ベイの優勝の時も同様でした。ふだんはすいてるベイ側の応援席がやたら人数多くなって盛り上がっているのです。古くからの常連ファンにとっては、そういうにわかファンというのは、ふだんは無視してるくせにいい時だけ便乗しやがって、といまひとつあまり気分がよくないのですけど、それはそれで淡々と受け流し、次の年からまたいつものベイに戻っても、変わらず球場に足を運ぶのですね。漫画家のみずしな孝之さんは、もともと筋金入りベイファンで、ずうっと前からベイを応援しており、ベイファン向けピンポイントで「ササキ様に願いを」というマニアックなマンガを描いたのですが、たまたまそれが優勝の年とかぶったために、マンガがヒットして知られるようになってしまったとか。

ベイスターズというのは、ともかくファンの期待値が低くハードルが低いところが選手としては気楽でいいのではないでしょうか。Aクラスに入っただけでもうファンが大満足なんて球団はまず他にないでしょう。選手の気質によってはもっと期待されたほうが張り合いがあって良いという人もいるかもなんですが。ベイスターズの選手なんて、よほどのファン以外には顔バレしてませんから、球場周辺の中華街や元町を普通に歩いており、ファンだけが気づいて「今日元町で○○を見かけたよ」などと喜んでいるのでした。まして二軍選手なんかだとまず誰も知りませんし、以前刊行されていた、たぶん神奈川限定版の「月刊ベイスターズ」というベイスターズファン雑誌に載っていた若手選手の対談で、「オレ、母親が近所のおばさんに、おたくの息子さんてプロ野球選手?って聞かれるんだ」などと言っている選手もいました。ことほどさように、ローカルマイナーな球団がベイスターズなのです。

7

記憶に残る外国人助っ人選手、バースやホーナーなどだけでなく、巨人だとクロマティがやはり第一に思い浮かぶのは年齢のせいかな。クロマティ選手というのはいかにものアフリカンアメリカンの典型のように日本人が感じるルックスで、明るく明けっぴろげな雰囲気のキャラも良かったですね。この人のジャイアンツ在籍中のプレーのことよりも、その後のエピソードのほうが面白かった。彼は日本での体験談を本にしているのですが、その語りがいかにもハチャメチャで、言いたい放題なところが笑えました。特に、クロマティが日本で女性にモテて遊びまくって楽しかったなどとナメきった内容をあっけらかんと書いているのを日本人読者が読んで「アイツそんなやりたい放題なことしてたのかよ、あんにゃろー」などと怒っていたのがよけいにおかしかったです。

二〇〇〇年ごろでしたか、「魁!! クロマティ高校」というコメディマンガがヒットしていたのですが、これは絵が池上遼一そっくりのパロディで、一見シリアスな絵柄のキャラがくだらないセリフばかりしゃべっているという不良最底辺偏差値高校のストーリーでした。このマンガのことを、なぜだかアメリカに戻っていたクロマティ本人が聞きつけて、「オレのイメージ悪くなるだろーが」とわざわざクレームをつけてきたというのが日本で笑い話になっていました。このマンガには他にも「バース高校」「デストラーデ高校」といった外国人助っ人の名前を使ったギャグが出てきていたんですが、バースやデストラーデからは特にクレームは来なかったようですね。クロマティさん、もう六四歳ぐらいになられたそうなんですが、「日本が好きだから」とつい最近また来日なさって、日本の会社で働くことになったとの情報読みました。やはり親日家ではあったのでしょうね。

外国人助っ人のことはいろいろと思い出すのですが、Gの李承燁（イスンヨプ）なんかも渋くてかっこよかったですね。あの方は並外れた強打者だったけどいまひとつメンタルが弱いところがあるとメジャーには評価されず日本球界に来たそうですが、やはり表情が穏やかで優しそうに見えました。

また邪道な見方なのですが、野球の試合をスタンドで生で見ていたりテレビ放送を見ていると、たまに乱闘が起きることがあります。あまりに中二病な感性でお恥ずかしいことこのうえないのですが、実を言うとこの乱闘シーンというのが楽しくて。両チームの選手が全員マウンド付近に集まって大乱闘になったりするとついつい血わき肉おどってしまういけないおばさんです。だいたいはピッチャーが打者に危険球を投げてバッターがタマに当たって倒れたとか、ホームベースに三塁ランナーがつっこんできてキャッチャーと激突したりとか、審判の判定に監督やコーチが抗議したりとかがきっかけになって起きるのですけど、いつぞや危険球を受けた清原選手がバットを持ってものすごい形相でピッチャーに詰め寄った時の映像がまるでマンガを超えた迫力で記憶に焼き付いているのでした。

乱闘になると活躍する武闘派選手というのがいまして、あの闘将星野監督などは、必ず乱闘要員をベンチに入れていたとか。乱闘になるとだいたい外国人選手が活躍するのが目立つのですが、阪神のマートンだとかヤクルトのバレンティンなどもよくやっていましたね。このごろは以前と比べて選手がマナーを守るおとなしくていい子が多くなりまして、あまりキャラのたったヤンチャな選手っていなくなってきたのが往年のプロ野球ファンとしてはちょい寂しい。日本ハムの中田翔選手なんて大好きです。それでも昭和期などのヤンチャ選手と比べたらずいぶんおとなしくて真面目に見えてしまうんですが。乱闘シーンを余興みたく楽しみにしているとはしょもない観客なんですけどね、メジャーだと乱闘も観客サービスショーのひとつとして入っていたとか以前どこかで読んだ気がいたします。仕方ないのでこれも古いけどゲームの「大乱闘スマッシュブラザーズ」なんてやってワクワク気分を味わってるんですが、ふと自分を省みて、これがいい年したおばさんのやることかと恥ずかしい。存在の耐えられない恥ずかしさであります。こういうセンスがバレると世間様に冷たい視線を浴びそうですね。ここそこ。まあ、誰もおばさんのことなんて気にしてないよね、とちゃんと突っ込むんですが。

8

話があちこちズレまくっていますが、各球団ファンについてのことに戻します。いまどきは各球団が全国各地のローカルフランチャイズを持っていまして、北海道に移った日本ハムなどは大成功の例ですね。もともとは東京でジャイアンツと同じ東京ドームを本拠地にしていましたが、当時はまるでジャイアンツの裏番組前座扱いのようで、観客席はガラガラ、ファンも少なかったかと思います。思い切って札幌ドームに本拠を移したのは英断だったですね。最初のころこそ空席だらけだった札幌ドームも、今はチケット争奪戦になるぐらい満杯になり、日本ハムはすっかり北海道の球団として地元に受け入れられ認知されているそうです。日本ハムファンは札幌市民と北海道民がメインと考えてよいでしょう。日本ハムの場合、場所的にも東京から離れており、あまり注目されないのが幸いして、Gや阪神では怖くて使えないような、スキャンダルなどに巻き込まれてイロモノイメージのついてしまった、多田野投手だの二岡選手だのを積極的に拾ったり、やはり首都圏球団だとなんやかや突っ込まれそうなファッションやヘアスタイルの中田選手をキャプテンにしたり、くじ運が良くて大谷選手だとか清宮選手など大物新人を獲得したりして、のびのびとやらせているので、若手選手が成長し、見ただけでおもろいキャラのたった選手が多いということで人気も出て、さらに実力も伴い良い循環に乗れて球団が強くなったですね。

楽天は仙台に移り東北の人たちがファンにつきましたし、球団経営もうまくいったのかチームそのものも成績が上がりました。福岡に行ったソフトバンクは、いまや資金力ナンバーワンの最強球団ですね。もちろん九州の人たちがファンになってサポートしていますけど、他のエリアでも全国各地にソフトバンクファンが見られます。ソフトバンクは豊富な資金をうまく使って強くなっている好例なんですけど、資金の豊富なチームが優勝するというのはいまひとつ予定調和すぎて、申し訳ないのですがしらけてしまうところが。やはりカープのような市民手作りビンボー球団が優勝したりするほうがどうしてもすごいと思ってしまうんですよね。資金の制限がある中で、いかに知恵をしぼってチーム作りをして、監督選手コーチなどがまとまり、強くなるか、というところを見るのが楽しいわけで。

カープは広島市民が作ったという手作り球団というのがもともとの特徴なんですけど、広島出身の人がカープファンなのは当然としても、広島とは関係なくともカープファンという人は全国にいますので、神宮球場でカープ―ヤクルト戦をやるときは首都圏のカープファンが押し寄せてきてスタジアムを真っ赤にしてしまいます。カープのユニフォームが赤いからなのですが、近年多くなった女性ファンの「カープ女子」の皆さんも赤いユニを着て応援しているので、なかなか見た目華やかですね。カープが強くなったのは育成がうまくて自前の若手選手がのびたからというのがあるようですが、だいたいこのごろは育成のうまい球団が強くなっている傾向が見られますね。日本ハムなども若手育成に定評があるので新人選手が行きたがる球団らしいです。カープは野球の盛んなカリブ海諸国のうち、ドミニカ共和国にカープアカデミーを作り、そこで外国人選手を育成して助っ人として連れてきていますが、そういう先を見た投資の仕方というのも目のつけどころが鋭いなあと感じました。ドミニカに養成所を作って経営するのは経費が安くてすむし、コスパがいいんじゃないかななんて思ったりして。

中日は地味なイメージのチームなんですが、やはり名古屋に根付いた球団で、名古屋の人たちはほとんど中日ファンです。逆に中日ファンというとまず名古屋出身者と思ってよさそうですね。中日だとマスコットキャラのドアラが一番の人気者だったりして、選手でそれ以上に目立つ人がどうも見当たらないのが残念なところ。落合元GMの存在感が今も中日のイメージの一部を作っているんですけど、中日は堅実な野球をやって強くて優勝しても、球団収入は却って減少したということで逆に有名になってしまいました。優勝すると経済効果があるのはやはりGとか阪神がダントツでしょうか。中日やヤクルトが優勝してもいまひとつ経済効果がないというのも寂しいところであります。

9

ヤクルトの助っ人外国人もたくさんいたんですが、特に印象に残っているのはやはりペタジーニ、ラミちゃん、バレンティンでしょうか。この人たちはみんなカリブ海エリアのご出身でスペイン語母国語ですね。ペタちゃんがベネズエラ、ラミちゃんはプエルトリコ、バレンティンはオランダ領キュラソーです。全員Gにとられました。とファンからは見えるんですが、みんな活躍して年棒が上がり過ぎたのでヤクルトが払えないのでGに引き取ってもらったという面もあるのかも。水面下では何か交渉があったのかもしれないと想像しています。ペタジーニはバッティングの実力もすごかったのですが、どうも奥さんのオルガ夫人が二五歳年上ということばかり取り上げられて、野球のことよりそればかり聞かれるとペタジーニはちょっと困惑していたとか。プロ野球選手としては、やはり私生活より野球を見てほしいですよね。

ラミちゃんの奥さんも確か一五歳くらい年上で、一時東京にプエルトリコ料理店を出していたような。ラミちゃんはその後独立リーグの群馬などでも活躍、今はベイの監督として実績あげていますね。ラミちゃんはパフォーマンスなども愛嬌があって、明るいんだけど根が生真面目な性格で日本にはフィットしていたようで。バレンティンも明るくてお調子者なとこが憎めなく、何よりともかくチーム最下位の時でもホームラン王になってくれたりしたので、彼のホームランを楽しみに毎回の試合を見ていたこと思い出します。青木宣親選手だとか山田哲人選手だとか、やはり個人成績でファンをワクワクさせてくれた日本人選手もいろいろ。

八〇年代ごろだと、ブンブン丸池山と広沢のコンビが忘れ難い。「池山と広沢ってなんだか昔の日本兵みたいな感じだね」と言っていたら、「特に広沢がな……」と相方がコメントしていました。そして野村監督の秘蔵ッ子古田敦也捕手。プロ野球選手には珍しいメガネ男子で、頭脳派プレーがチームの要となる捕手らしく、いかにもノムさん好みの選手でした。古田さんはプレイングマネージャーとして選手兼監督にチャレンジ、「代打オレ」なんて騒がれていました。さすがに現役を続けながらの監督は荷が重かったようで結果は残せなかったのが残念なんですが、ヤクルトファンにとっては古田さんはヒーローでして、私の知り合いのヤクルトファンの男性が息子さんに「敦也」という名前をつけていました。やはり知り合いの阪神ファンの男性が息子さんに「タイガ」という名前をつけたというのと同様、親がどこのファンだか即バレですね。その阪神ファンのお父さん、聖地甲子園に息子さん応援デビューさせ、周囲の地元阪神ファンの人たちに息子さんの名前を教えたとたんに大受けしたそうです。

もう引退し指導者になっている宮本選手などは渋いベテラン選手としていかにもヤクルトらしさを感じられるキャラでした。しっかりしたリーダーの宮本慎也選手、つば九郎ともからんだり、バレンティンとも仲がよくて、「バレンティン、あいつはいい加減なヤツですよ」なんて笑って評していたのがおかしい。一時売れていたエアバンドの「ゴールデンボンバー」の樽美酒さんがヤクルトファンだそうで、たまたま四国だか九州行きの飛行機でヤクルト選手団と一緒になったことがあったそうです。待合室で、当時の監督小川監督が最初にノーメイクの四人組に気づき、「あれなんとかボンバーじゃないか」と指摘したとのこと。飛行機の中で樽美酒が大喜びで宮本選手に近づき、「みやもとさん、す、好きです！」とサインをねだったところ、「えっ　君ゴールデンボンバー？　分からなかった……メイクしてないと……」と、宮本さんが極めてまっとうなリアクションしたというエピソードも光景が目の前に浮かぶようで楽しかったですね。

10

はてさて、ずうっと弱い球団だったヤクルトがいきなり変身したのが一九七〇年代後半、あの広岡監督が就任してからのことでした。それまではヤクルト戦を見るたびに、父が「ぼくに監督させてくれればもっと勝てると思うんだがなあ」などと苦笑しながら言っていましたが、大学の友人のヤクルトファン男子も同じこと言ってました。男性ファンはだいたいそういう風に思うようです。今ならプロ野球ゲームなどやれば監督になりきれますけどね。広岡監督はいわゆる管理野球というのを徹底して、適材適所に選手を配置して、限られた戦力を最大限に使い、作戦を考えに考えて地味ながらしぶとい野球で一九七八年ヤクルトを優勝に導きました。弱い球団の場合には、監督によってほんとに違うんですね。広岡監督の管理野球は、いわゆるひとつの明るく爽やかな野球のイメージとは微妙にずれていたので、監督の手腕は認めても、いまひとつ好きになれないという人もけっこういたような。

広岡監督の権謀術数が得意なひねた陰険おじさんキャラクターは、ヤクルトファンの漫画家いしいひさいち先生の好みにドンピシャだったようで、似顔絵が「ヒロオカ先生」というマンガのキャラになって、売れない文壇大御所作家とか、町医者のヤブな先生といった役で四コママンガにほとんどレギュラー脇役として頻繁に出没しています。ああいう性格の悪そうなおっさんキャラって、いかにもいしい先生好みなんで笑えますね。八〇年ごろでしたか、ヤクルトをモデルにしたとおぼしき弱小球団が頭脳派監督に率いられて変身し、優勝するという小説が出て、父が「これヒロオカ監督が出てくるぞ」と嬉しそうにその文庫本を見せてくれたので、私も読みましたが、まるでマンガみたいで、一〇年後ぐらいに見た映画ではチャーリー・シーンの出ていた「メジャーリーグ」が同じようなパターンでした。

その後は九〇年代にかけて今度は野村監督のID野球が成功。やはり頭を使い、若手を育成し、いったん使い物にならないと切り捨てられたベテランを拾って再生させるという「野村再生工場」なんてプロジェクトも成功させるなど、ヤクルトならではの実験的試みが的中し、黄金時代を築いたのでありました。資金が使えないなら頭を使おう、という作戦で弱いチームが強くなるというのは見ていて楽しいですね。ノムさんも頭脳派で苦労人だけにはっきりいって性格は悪く（プロ野球選手のイメージからすると、というあくまでの話ですが）、選手一人一人の情報を集めて頭に入れたうえでひねくれた意地悪なヤジやぼやきで対戦相手の選手を精神的に動揺させるなど、けっこう汚い手を使ったりしてたんですが、何だか憎めなかったのは実力実績が伴っていて、根本のところはピュアな野球少年の心が確かにあったからでしょうか。ノムさんを上回るインパクトの強いビジュアルとキャラのサッチー夫人がついていて相対的にノムさんの毒を薄めてくれ、世間の逆風を自分が受けて守ってくれていたというのもあるかもしれないと思っています。あくまで私見でございますが。

11

ヤクルトファンの代表として筆頭なのは出川さんですが、この方って、男性誌と女性誌が調査した「抱かれたくない男ランキング」首位をなんと一〇回もキープして殿堂入りしたという、このジャンルでは圧倒的な強さを見せつけていまして、ご本人は「もう僕のことはほっといてください」とコメントしておられました。あのいいひとそうで既婚者の出川さんのどこにそういうインパクトがあるんだろうと自分には全然分からなかったのですが、あえて言えば「色気がない」ということなんでしょうかねえ？　確かに自分も含め、ヤクルトファンって「いい人だけど色気がない」系という共通点が見つかるような気が……ごく少数のサンプルからそんな結論を導き出したら怒られますし、色気なんて数値化できないので間違ってると思ったらどうぞ無視してください。たわごとにすぎません。

村上春樹さんもルックス的にはあまり目立たないタイプですね。こんなことを書くのはものすごく失礼千万なのですが。あの方の小説を読んでいましても、「がんばらない自分」というダンディズムのようなものが感じられ、そういう脱力感はヤクルトファンらしい気がしますが、「がんばらないのにノーベル賞候補だもんねー」というのが背後に見えてしまうので、どうも嫌みというかナルシスティックといいますか、まありア充系ヤクルトファンとでも言えばいいのでしょうか？

漫画家いしいひさいち先生は顔出ししないので一般に顔が知られていませんから、神宮にふらりと来て観客席に紛れ込んでいても分からないでしょう。奥様は元ヤクルト社員だったとの噂。いしい先生のマンガにはヒロオカさんの他、ヤスダだとかヒロサワなどヤクルト選手がレギュラーキャラとして頻繁に出てきますし、すでに故人であるヤクルトファンには有名だったヤクルト私設応援団長のおじさんなどもキャラ化されて出ていました。一般にはすぐには分からないけどファンならすぐに分かるようなヤクルト関連のギャグなども時々入っているのが楽しみでした。

出川さんとかさだまさしさんとかは名誉ヤクルトファンらしくて、神宮に降臨すればVIP待遇を受けるのでは……出川さん、テレビの企画でGの坂本選手と握手するというシーンがあったのですが、坂本選手に「ぼく実はヤクルトファンで」などと余計なひとことを言ってしまったので、中居さんなど回りじゅうから「なんでそんなことわざわざ言うのさ」と突っ込まれていたそうです。ご本人は「ウソをつきたくなかったから」と釈明していたそうなんですが、こういう空気の読めなさといいますか、うかつ失言、バカ正直といったところ、何だか自分にも当てはまる気がして共感してしまうのでありました。

などなど、ダラダラヤクルトネタで引っ張ってきたものの、落ちがつかないところがお間抜けであります。まあ、こういうところがヤクルトファン的生き方で……などと屁理屈ぽくまとめようとしたらそこらじゅうから石が飛んできそうなのが目に見えていますので、「永遠の未完成」と、唐突に謎のドイツロマン派のフレーズを引用してごまかし……ごまかせればいいけど……とほほのほ。

野球選手に会った日

大島薗子

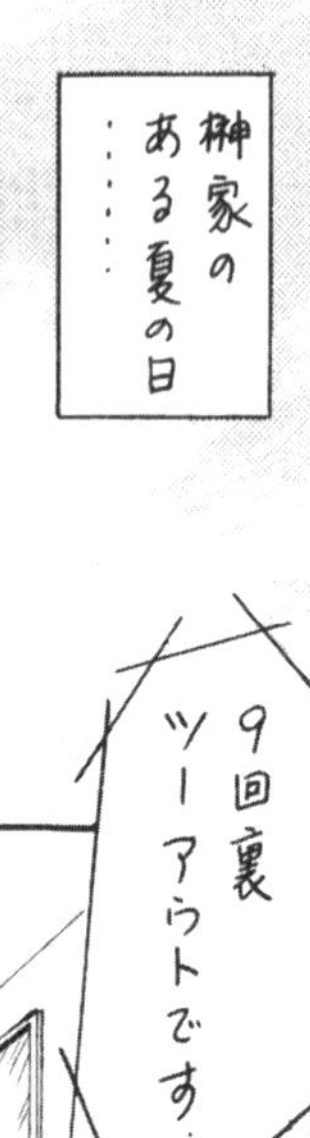
榊家の
ある夏の日
……

9回裏
ツーアウトです.
3番田中.
最後のバッターと
なるでしょうか!
ストライク!
見逃しです!!
やった!
横浜高校.
春夏連覇を
果たしました.

あっつ〜い!
ダラ〜
何で高校野球見るのにわざわざ冷房切らなきゃなんないのよ!
我が家のおきてです。その方が気分出るでしょ。
カチワリもあるしネ…
何で泣いてんのママ。
いやあピッチャーの松坂君がうちの子だったらなあと思ったら残念で…
ムッ
うちの子が私で悪かったわね…
私、テニスに行って来ます!
今から?
試合が近いから君子と自主トレするのよ。

さて、じゃあママはできた仕事を会社に持って行こうかな。
泉も行く?
あつい…
んー…
おばあちゃんの家で待ってる。
ママってさあ何で野球好きなの?
うん、ママはね小さいころ野球選手になりたかったんだ。
ふうん……

じゃあね、
おばあちゃんに電話
してあるから、
まっすぐ行くのよ。
はあい！
スキップ
スキップ
バス
どうも
ありがとう。

横浜の松坂君かあ。
私はPL学園の上重君の方がタイプだな。今風で……
……
オス…
ポーン
パ

ポーン
あ!
あーあ…
とってくるね
ごめ~ん真澄!
まったく君子ったらあれじゃまた一回戦負けね…
あった!

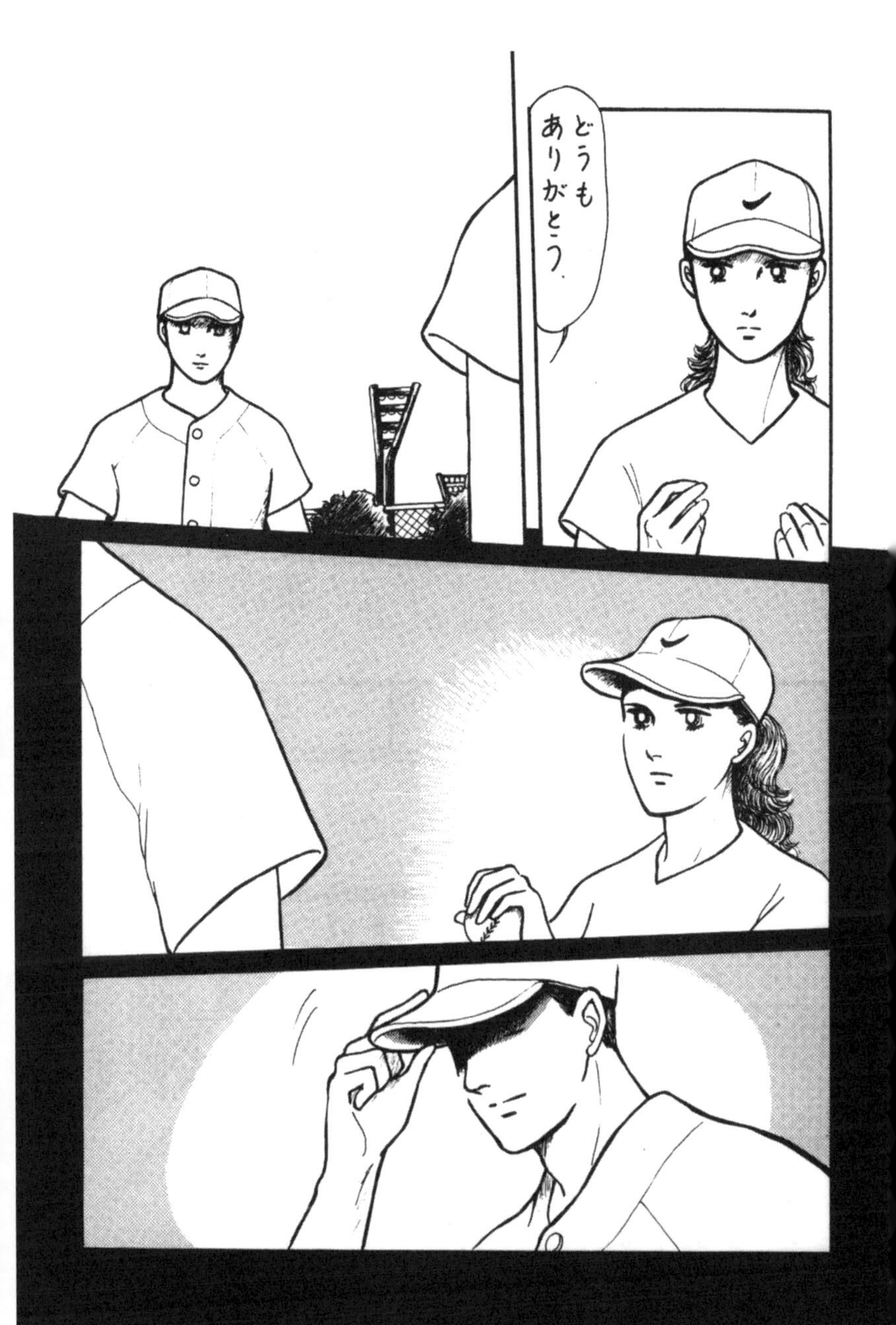
どうも
ありがとう。

真澄！
どうしたの？

はい
OKです
ご苦労様

じゃあ今度は春物のパターンをお願いするので、デザインができたら電話するわね。
はい。
榊さんは仕事が早いから助かるわ。いいパタンナーね。
いえ、そんな……
じゃ、これからもよろしく！
やっとひと仕事終わった……
社長室
フー
そう言えば社長にほめられたのって初めてだわ……

今回は確かにハードだったんだよね…
よーし今日はがんばったごほうびとして、ちょっと寄り道してから帰るとするか…
コン
ビュン
カキーン

…なんか すげえ おばさんだな…
うん……
ビュン。
ガッ
チャ
ー
あー すっきりした…
さて 帰るか……
よーし ナイス キャッチー!!
バッティング
外野! もうちょっと 下がって!

少年野球か
かわいいわねー

そういえば
小さいころ
よくこうやって
野球を見てたもん
だったわ……

今と違って
女の子が野球をする
時代じゃなかったから
私はいつも
見てるだけ
だったな

でも
もし私が
男の子だった
としたら
……

もし私が
男の子
だったら…
あぶない!!
え?
ひゅるる…
パッコーーン
いった〜い…
やべ…
どうも
すみません
大丈夫
でしたか?

い…いえ　私も　ボーッとしてたので…
あ・ボール…
なぜかもってる…
どうも・

全国高校野球選手権大会は横浜高校の春夏連覇で幕をとじました。
ママあ。
今日野球選手に会った。
え？
それがさあ何か不思議なのよ。

初めて会ったはずなのに
どこかで会ったことのあるような
何かなつかしいような気がしたの
ふーん…
ねえ 真澄
空想の男の子っている?
な…
なによ急に
なぜか赤くなる
昔読んだ少女マンガで
空想の男の子を自分の中で作りあげて
自分がピンチの時に呼び出しては助けてもらうってお話があったの

私は
その時
そのお話は
もてない女の子が
頭の中で
ボーイフレンドを
作りあげてしまう
「疑似恋愛」のお話
だと思っていたの
でも
それって違う
かもしれない
……
その男の子は
もしかしたら
その女の子の分身
だったのかも……
分身？

私はね男に生まれて野球選手になりたかったけど女だからなれなかった。

でも男だった場合の自分がどこかでずっと育ち続けていて野球をやっているような気がする。

…ママ酔っぱらってない？

えへ？

でさぁ…

男だった場合の自分って本当に存在するのってそれとも空想だけなの？

ドボッ

『ゴルト エルゴ スム　私は考える　だから私は存在する』
ーデカルト

……おっはよー
泉？
キリリッ
ど…どうしたの？
泉！
今日から野球やる！
へ？

どういう風のふきまわしかしら……
キリリ……
しっしっ
まっいいから早く顔洗っておいで！
いいんじゃないの近ごろでは女の子でも野球やってるよ
そうねえ……
キリッ
町内会の野球チームとかさあ……

Fine
1998.12.

病める薔薇

吸血鬼伝説をめぐって

「吸血鬼」を扱った文学、美術、演劇、映画は数知れない。古代ギリシアの昔から存在していたという吸血鬼伝説は、さまざまに形を変えて全世界に見られる怪異譚の一つである。その中でも、東欧トランシルヴァニアに流布していた「ドラキュラ物語」は、一九世紀イギリスの小説家ブラム・ストーカーにより、不朽の地位を得ることになった。

ブラム・ストーカーの小説『ドラキュラ』は一九世紀末のイギリス・ロンドンと、辺境トランシルヴァニアを舞台としている。登場人物数名の日記・書簡・旅行記からなるこの小説は、ヨーロッパの辺境、魔の領域であるトランシルヴァニアからドラキュラ伯爵という土俗の妖怪がロンドンを訪れるという、一種の「異人譚」であり、それに対する現世人の葛藤の物語でもある。不動産業者ジョナサン・ハーカーがドラキュラ伯爵の招きでトランシルヴァニアに赴き、魔の「ドラキュラ城」のとりことなってゆく導入部から、全編は夜の闇の不安に侵され始める。荒野の彼方に踊る青白い鬼火、狼の遠吠えの声、闇を飛翔するコウモリ、夢魔に魅入られた乙女たち。

「ドラキュラ」の世界を支配するのは、一九世紀末イギリスのデカダンスである。ラファエル前派の蒼ざめたエロティシズムや、オーブリー・ビアズリーやオスカー・ワイルドの耽美的世界と、まさしく同時代の感覚から生じている。民俗学、精神医学といった当時の先端のアカデミズムも、この小説に明らかな影響を与えている。

ヴェルナー・ヘルツォークの映画『ノスフェラトゥ』(一九七九)は、この「ドラキュラ」に題材を求めつつ、全く独自の世界を創りだしているといえる。『ノスフェラトゥ』は、まず舞台を中世末期、ヨハン・ホイジンガのいわゆる『中世の秋』のドイツに移し変えている。冒頭、洞窟に並ぶミイラの群れ。あるいは口をあけ、あるいは眼をつぶり、苦悶の表情のまま永遠に動かない死者たちのクローズ・アップに、闇を飛ぶ黒いコウモリの映像が重なる。

ほの暗い死の影、音もなく近づく「滅びの時」の予感におののくのは、ジョナサンの妻ルーシーである。静かに眠ったようなドイツ中世の街から、夫ジョナサンはトランシルヴァニアへと旅立つ。遥かな異郷の地で、「ドラキュラ伯爵」の名は悪魔の如く忌み、恐れられている。案内を拒まれたジョナサンは、ひとり山上のドラキュラ城へと踏み入ってゆく。

濃霧に包まれた山岳と峡谷の映像は、どこか宗教的ともいえるイメージをはらみ、その自然との交感はドイツ・ロマン派の画家フリードリッヒの絵画を想起させる。霧の晴れ間から姿を現したドラキュラ城の廃墟の影が、思わずジュナサンの足を止めさせる。この時もはやジョナサンは、妖魔ドラキュラ伯爵に魅入られていたのである。城の入口に迎えに出たドラキュラ伯爵は、黒衣をまとい、生ける死者の表情を浮かべている。

クラウス・キンスキーのドラキュラは、従来の吸血鬼映画におけるドラキュラのように美男の姿をしていない。彼は明らかに生きた死体（リビング・デット）としての外見をもち、その蒼白の異形は夜の闇にくっきりと浮かび上がって見える。ジョナサンは彼の姿を恐れながらも、もはやドラキュラ城から逃れることができない。朝の光を浴びた城の中は人影ひとつなく、外へ通じるドアには全て鍵がかけられている。地下室の中に横たわるドラキュラ伯爵を見たとき、ジョナサンは彼の正体をはっきりと悟るのだ。

ドラキュラ伯爵の棺は、血を吸われて意識を失ったジョナサンを残し、ジョナサンの故郷へと旅立ってゆく。ドラキュラは、ジョナサンが首にかけていた妻ルーシーの細密画を一目見て、強い恋情を抱いたのである。彼の旅ゆく道筋を、死の影が次々と覆い尽くす。伯爵の棺が乗ったロシアの船は、乗務員が全て死に絶え、「死者の船」となって地中海を渡り、ドイツの街へと到着する。黒い棺の中にいたネズミが大量に繁殖し、船から出て街に満ち溢れる。人々は明らかな死神の到来を見て、恐れおののく――黒死病（ペスト）の到来を。

吸血鬼伝説とペストの関連性はよく言われるところである。中世ヨーロッパを震撼させた黒死病の恐怖の思い出が、生ける死者・吸血鬼の幻想を生んだのだという。ブラム・ストーカーの『ドラキュラ』の場合には、吸血鬼にとりつかれ、徐々に弱まり、肌が透きとおってゆく犠牲者の姿が、やはり当時の死病であった結核の症状を思い出させる。つまり「吸血鬼」のイメージは、「死に至る伝染病」のメタファーでもあるといえる。『ノスフェラトウ』は、この病と死のメタファーとしてのドラキュラ像を忠実に踏襲しているのである。

死神ドラキュラが到着した後、ジョナサンの町は急速に死に侵されてゆく。人々はなすすべもなく家々に隠れ、広場には棺を担いだ黒衣の人々が行き来する。ネズミの数だけがますます増え、家々に、街路に、広場に満ちてゆく。死に直面した人々は、広場に出て歌い踊り、最後の豪華な食事をする。これはまさに「死の舞踏（ダンス・マカブル）」であり、メメント・モリ（死を思え）の再現である。そして、これらの死も、狂騒も、一貫して沈黙の中に繰り広げられてゆくのだ。

ヴェルナー・ヘルツオークの映画は、総じて「音」に対して非常にストイックである。『ノスフェラトウ』も例外ではなく、全体として「沈黙」に支配されている趣がある。一方で、その映像は、ベルギー象徴派やラファエル前派の絵画を思い出させ、極度に耽美的であるといえる。「死の舞踏」のイメージはまさしくブリューゲルやグリューネヴァルトの死に凌駕された絵画世界に近く、あの「死神と乙女」の如きデカダンスに満ちている。

ドラキュラに血を吸われて廃人と化したジョナサンは、ようやくルーシーのもとに辿り着いたものの、妻の顔も見分けることができない。夜の闇の中、人影ひとつない街路を、ドラキュラの影が通り過ぎる。鏡の前に座ったルーシーの傍らに、ドラキュラが姿を現す。

「死ぬことはつらい。だが、幾千、幾万の夜を、ただ一人、なすこともなく生き続けねばならない苦しみが分かるか」

生ける死者の表情で、ドラキュラ伯爵は言う。

「どうかそなたとジョナサンの愛を、私にも分かち与えてくれ」

「ジョナサンと私の愛は、神でさえ妨げることはできません」

ルーシーの首の十字架を怖れたドラキュラは、そのまま立ち去ってゆく。ルーシーはこの時初めて、町を侵している死の正体を知るのだ。

ルーシーは次の朝、死の影に覆い尽くされた町を歩く。数知れぬ真新しい棺、死体を焼く煙、ネズミの群れ、輪舞を続ける人々……。昼間のうちにドラキュラの棺を見付けることが不可能だと分かったとき、ルーシーの胸に、ジョナサンが持ち帰った書物『吸血鬼（ヴァンパイヤ）』の一節が浮かび上がる。「女の献身に全てを忘れ、朝の光に滅ぼされん」

ルーシーはその夜、寝台に横たわってドラキュラの訪れを待つのだった。

「吸血」のイメージには、それだけでどこかエロティックなものがある。吸血鬼が一人の犠牲者に執着するさまは、シェリダン・レ・ファニュの『吸血鬼カーミラ』に言われるように、恋の情熱に極めて近い。時には犠牲者自身ですら、吸血鬼の暗い妖魔の魅力に抗うことができず、夜の闇、影の領域へと引きずられてゆくのである。『ノスフェラトゥ』において、この吸血の場面は、最後の最も耽美的な映像となる。血を吸われて透けるように白くなってゆくルーシーの横顔は、ラファエル前派の死せる「オフィーリア」(エヴァレット・ミレイ)の如く、思わず息を呑むほど妖しく美しい。

ルーシーへの想いを遂げ、恍惚と血を吸うドラキュラ伯爵は、そのまま朝の光を浴びて滅ぼされてゆく。妖魔ドラキュラ伯爵は、ただ一瞬の愛のために、永遠の命をひきかえにしたのだった。たぶんそれは、彼自身が望んでいたことであっただろう。しかし、「吸血鬼」の呪いは終わることがない。廃人となっていたジョナサンが、ドラキュラ伯爵の死後、新しいドラキュラとして目覚めるのである。ジョナサン=ドラキュラ伯爵は、再び血を求め、永遠の時を歩み始める。

ヴェルナー・ヘルツオークの『ノスフェラトゥ』は、死とエロスの究極における親近性を示し、青白い影と夜の領域に見る者を誘いこむ。中世への傾斜、永遠と無限への夢、夜への執着、といった、ドイツ・ロマン派的要素が、この吸血鬼物語に特異な雰囲気を与えている。

＊

やはり一九世紀イギリスの作家シェリダン・レ・ファニュの『吸血鬼カーミラ』（一八七二）は、女吸血鬼の物語である。古城、古い血統の貴族、一族の墓地、といったゴシック・ロマンス的な舞台を背景に、貴族の美しい少女ローラが女吸血鬼・カーミラに魅入られ、追いつめられてゆくその過程は、どこか同性愛的な、言いようのない優艶なムードに満ちている。

吸血鬼が特定の人たちに、しだいに激しく取りついていくのは、恋情によく似ております。いったんこうと思いさだめた目当てのものには、たとえどんな邪魔が起ころうと、じつに執念ぶかい忍耐と計略をもって追いかけてまいるのです。

（『吸血鬼カーミラ』レ・ファニュ、平井呈一訳　創元推理文庫版）

犠牲者となる作中の語り手・ローラによって語られるこの言葉は、まさしく吸血鬼の一つの本質を言い当てているといえるだろう。カーミラは妖魔でありながら、むしろ嫋々と優しく、高貴な生まれの少女の姿をしている。傷つき易く細かな神経をもち、移り気で、とらえどころがない。優雅な繊細さと同居する酷薄さ。張りつめた神経の不安定さ。カーミラに取りつかれた少女は、その冷えびえとした魔力を敏感に感じ取りながらも、一方で急速に彼女にひかれてゆく自分を押しとどめることができない。

ロジェ・ヴァディム監督の一九六〇年の映画『血とバラ』は、この『吸血鬼カーミラ』をもとにした作品である。時代設定を一九六〇年頃に移してはいるが、ヨーロッパの古い貴族の館、吸血鬼伝説を伝承する村、一族の墓所、といった背景には変わりがない。この地方を古くから支配していたカルンシュタイン家の末裔・レオポルドが、婚約者ジョージアを伴って館に戻ってくるところから物語は始まる。カルンシュタイン家最後の当主である彼には、子供の頃から兄妹のようにして育った従妹のカーミラがいた。

カーミラは心に秘めた従兄への思慕を絶ち切られ、極度に不安定な精神状態に陥る。遠い先祖でもある伝説の女吸血鬼・ミラルカの墓にいつしか引き寄せられた彼女は、ミラルカに乗り移られ、吸血鬼となってしまう。昼間に眠り、深夜、ミラルカの白いドレスを着て森の中を彷徨い歩くカーミラ。その姿は、吸血鬼伝説を忘れずにいる村人達に、吸血鬼の復活を信じこませる。

手に触れたバラの花を忽ちのうちに枯らし、動物たちを恐れさせる。呪われた吸血鬼のしるしが、次々にカーミラの上に表れてゆく。カーミラはジョージアの命を吸い取り、彼女になり代わろうとする。バラの花の咲き乱れる温室の中で、ジョージアの唇の血を吸うカーミラ。『吸血鬼カーミラ』に描かれるのと同様、『血とバラ』のカーミラにも同性愛的な要素が濃厚である。そもそも吸血鬼カーミラの犠牲者となるのは、女性、それもうら若い少女ばかりなのだ。カーミラの瞳は透きとおるような淡い青色であり、猫の目のように不可思議な光を放ち、その表情は厳しく冷たく見えるかと思えば、無防備で無垢な少女のようにも見える。微妙で複雑な表情の変化は、彼女にたやすく本心を測り難い、人間離れした雰囲気を与える。

久しぶりにレオポルドと二人でピアノに興じ、一時の幸福感を味わったカーミラは言う。

「今日のあなたは昔のままのレオポルドだわ。……どうして変わってしまったの?」

「大人になったからさ。君もね。……当然のことだし、避けられないことなんだ」

しかしカーミラは、レオポルドのように前向きの成長を遂げることができない。彼女が属するのは、古い世界、ヨーロッパの歴史と伝統、迷信と伝説に侵された、滅びつつあるもう一つの世界なのだ。カーミラの従兄への思慕は、兄に対するような近親相姦的なものであると同時に、自分自身の完全なる子供時代への絶ち難い執着でもある。レオポルドの心をはっきりと悟ったとき、鏡に映るカーミラの白いドレスの胸に、鮮やかな赤い血の染みが広がってゆく。癒しようのない心の傷の深さ。この場面で、鏡と白いドレスの硬質な透明感とともに、カーミラの冷たく、それでいて無垢でさえある表情は、深い哀感を帯びて美しい。

吸血鬼カーミラの矛盾に満ちた不安定な性格、傷つき易く純粋で、それでいて残酷で自己中心的な、極端な二面性をあわせ持つ性格は、まさしく一般的な少女のそれでもある。「吸血鬼」とは、ある種の「止められた時間」なのだ。

少女漫画家萩尾望都の作品『ポーの一族』（一九七二）では、この「止められた時間」としての吸血鬼の特性が特に強調されている。吸血鬼である少年エドガーと、妹のメリーベルは、一八世紀半ばに吸血鬼の仲間入りをして以来、それぞれ一四歳と一三歳のまま年をとらない。二人は父親と母親を演ずる他の二人の大人の吸血鬼とともに、四人家族として一九世紀のイギリスを人知れず放浪してゆく。「永遠の時を生きる」吸血鬼、「ポーの一族」。彼らは人間の血＝生気（エネジイ）を求め、時には人里に紛れて生活し、やがて正体を見破られそうになると霧の中に消えてゆく――彼らと出会った現世人たちに、忘れられない印象を残しながら。成長することのない、子供のまま永遠の時を生きるエドガーとメリーベルは、実在しない「死んだ子供」である。

『ポーの一族』の全体を包んでいる、何ともいえない不安感は、いわば「存在の不安」、存在の不確実感である。カーミラが魔性でありながらどこか脆く、頼りなげでさえあったように、エドガーやメリーベルの存在感は薄く、はかなげである。実際、人間に正体を見破られたメリーベルは銀の弾丸を受け、一瞬のうちに一握りの塵となって消えてゆく。この存在の危うさ、脆さは、ともすれば途絶えがちな、不安な夢に近い。

なぜ生きている？　それがわかれば——／創るものもなく／生みだすものもなく／うつる／つぎの世代にたくす／遺産もなく／長いときを／なぜ／こうして／生きているのか……（『ポーの一族』）

そうでありながら、「永遠化された少女」である銀色の髪の少女、メリーベルの面影は、実に鮮やかな印象を残す。メリーベルが物語の後半で姿を消した後も、最後までエドガーの思いからメリーベルの姿は消えることがなく、不在のメリーベルの思い出が後半の物語を支えるもう一つの中心となるのだ。

成長することがなく、消滅することはあっても死ぬことのない吸血鬼にとっては、未来を思うことは意味をもたない。現在ですら意味は稀薄であり、後ろ向きの感情、失われた時間への追憶だけが、ひたすらエドガーの心を占めてゆく。

そんなふうにして／――すぎてゆく／ああ／夢／遠い日び――／（中略）／はせるのは／ただ／思いばかり

これはまさに閉じられた夢、育たない夢である。

わが国特有の「少女漫画」というジャンルは、過渡期、一時的なものである「少女」の時間を一つの形として定着させた、世界でも珍しい例である。むろん、そもそもは少女漫画は、やがて大人になり「卒業」すべきものとして存在していた。非生産的、非現実的な少女の時間は、本来長続きさせてはならないものだった。そしてまた、だからこそ「少女期」は特別の輝きをもって感じられるともいえるのだし、そこに「少女漫画」というジャンルの限界もあったのである。

しかし、直接的に社会に関与しない少女期は、生身の「女性」としてのさまざまな束縛、制約からとりあえず猶予された、言いかえれば女性の人生でも唯一、「性」のカテゴリーから幾分なりとも自由でいられる時期でもある。萩尾望都は、少女漫画の世界の限界を充分意識するがゆえに、またかえってこのうつろいやすい少女の時間に永遠を見たのだといえるだろう。

少女メリーベルの喪われた面影は、定着され、永遠化された少女時代である。実在感を自ら持てないまま、黄昏を彷徨う吸血鬼たち。成長に背を向けることは、一方で強い罪悪感をひきおこす。彼らの存在の頼りなさは、少女時代という時間の不確かさ、そのそもそもが不確かな時間を土台として築き上げられねばならなかった世界の、どうしようもない不安定感の象徴でもあるのだろう。

わが一族／死なば／風にとぶ／ちりと消え／消え……／そのゆく果ても／なし……

吸血鬼たちの最期は、おおむね哀しい。ドラキュラと同様、カーミラも、メリーベルも、結局は吸血鬼ハンターの手にかかって消滅してゆく。ただ、個体としての吸血鬼が滅びたとしても、「吸血鬼」の因子は必ず何らかの形で受け継がれ、決して消えることがない。『ノスフェラトウ』のジョナサン・ハーカーが、また『血とバラ』のジョージアが、それぞれ第二の吸血鬼として目覚めるように。
「吸血鬼」の死の誘惑は、抗い難い魅力をもって人間たちを動かし続けるのである。

おもかげびと

還暦を過ぎ、人生も残り少なくなってきた感じがするこの頃、ものを書くことができるうちに、これまでの記憶を記録しておきたいと思うようになりました。

読んでくれる人がいるかどうか定かではないのですが、自分としては想定読者として、子供やまだ見ぬ孫、友人など、私がいなくなった後の未来を生きる人たちをイメージして、タイムカプセルに入れる手紙のつもりで書くことにします。

というのも、六〇年以上も生きてきますと、これまで出会った中で、先に向こうの世界に行ってしまった人たちの思い出がたくさん積み重なり、「亡くなった人は、その人を知っている人たちの思い出の中に生きている」と言われるように、その人たちの命を心の中に抱え込んでいる自分自身がこれからいなくなったら、彼らの記憶も人生も消滅してしまうわけで、せめて未来を生きる誰かにその思い出を引き継いでもらい、彼らがいたということを知っていてもらいたいと思うからなのです。

私の心の中に生きている人たちは、ほとんどが名も知られぬごく普通の人たちであって、それぞれに笑ったり泣いたり、波乱万丈だったり平穏であったり、トータルとしては平凡といえるだろう人生を送りました。私が知っているのはその人たちの一面に過ぎないのですが、たとえ短い関わりであっても、忘れ得ぬ印象を残し、面影が今も心に残っているのです。ですから私が生きている限り、記憶を失わない限り、彼らは今も生きています。

あれは一七歳になったばかりのことかと思うのですが……、高校二年の古文の授業で、教科書に取り上げられていた『万葉集』の大津皇子の辞世の歌を読んだ時、文字通り鳥肌がたち、その後文学に惹きこまれてしまい、人生コースが変わってしまうきっかけになりました。

ももつたふ磐余(いはれ)の池に鳴く鴨をけふのみ見てや雲隠りなむ　(四一六)

一三〇〇年以上前のこの歌が、一〇代の女子高生の心を一気に貫いたのはなぜなのか。日本に残り伝わる文字で書かれた詩、いわゆる文学のもともとの本質のようなものを、私はその瞬間に直感で悟ったような気がします。

『万葉集』では挽歌や恋歌、季節や自然を詠んだ歌などが目立つのですが、これは自分の想像にすぎないのですけれども、最初の言葉は歌として生まれた、という説もあるように、日本の歌というのも、もともとは魂送り、鎮魂のため、葬送儀礼の場などで歌われたものや、生殖に関わる恋愛歌、相聞歌あたりから生まれてきたのではないかと思ったのです。つまり、人間の本来の生と死というベーシックな部分にまつわる感情を言葉や音楽で表現し、それが数百年、数千年と連綿として伝わり、一部が文字として記録されたのではないかと。

『万葉集』や『古事記』『日本書紀』『続日本紀』といった上代文学や歴史書を読み比べてみますと、それぞれ取り上げられている対象が違っていまして、歴史と文学の役割の違いといったものが分かる気がしました。あまりに大ざっぱな話になりますし、当たり前過ぎて書くのも恥ずかしいことなのですが、歴史書というのは、あくまでそれが編纂された時点での政権側の視点により記されたものであり、文学はそこから洩れた、たとえば大津皇子のような政争の敗者とか、東歌、防人歌のように無名の庶民の声を拾っていくものではないのかと。名も知れぬ人たちの心の声が歌として文字で一三〇〇年以上も残っていて、後世の自分のような読者の心に届く、感動させられるのであれば、それこそが文学のもともとの役割だったのではないかと思いました。さらに単純化して言ってしまうと、鎮魂ということが日本の文学の根底にある目的の一つではないか、というのも、一〇代の自分がなんとはなしに直感していたことなのでした。

その後五〇年近く生きてきて、細々とながら書いて記録をつけている間、結局最初のその認識は変わることがありませんでした。今はいなくなってしまった人たちの思い出を記録して、できたら未来の誰かに思い出してもらいたいというこの試みも、その延長上にあります。

そんな大それたことではない、ほんのささやかなことなのですが、ともあれとりあえず書くことしかできない者であるので、せめてものヘタな仕事のつもりです。

1　林家の人々

物心ついて最初の記憶を辿ってみると、まずは日だまりの中、木造の家の縁側で、目の前にいた女の人が母であると分かった時のイメージが思い出されます。あれは春か初夏の頃、あわい光に包まれて私のほうに歩いてきて、笑顔を見せてくれた母。それは多分三歳の頃、出生地である東京都武蔵野市から茨城県水戸市の父の職場の官舎に移って間もないくらいだったかと。そこは畳の部屋が四つほどの木造平屋で、庭もあり、白い猫が出入りしていました。

そして、父の母親である祖母も一緒にいて、いろいろと可愛がってくれた思い出が残っています。金魚を飼いたいと言ったら、庭に小さな池が作られることになり、庭師さんが来て池ができて、そこに金魚を放しました。その池と金魚を祖母に見せたくて、足が弱っていた祖母の手を引いて、「ねえねえおばあちゃん見て」と、縁側から二人で降りて、池まで連れて行きました。おばあちゃんは「おやおやいい池だねえ」と孫に付き合ってくれましたっけ。

白い猫を飼っていたこと、その猫が外でネズミを捕ってきて、コタツの布団をまくったらネズミの死骸があってショックを受けたこと。その白い猫はいつしか外出したまま戻らなかったこと。それぞれの記憶は、最初の頃のものは順番も分からず、ただ場面として切れ切れに覚えているだけです。

こういう幼児期の、周りの大人たちに守られて安心した明るい日だまりの記憶とともに、幼児期ならではの感性で、敏感に時代の空気を感じていて、妙に不安を覚えることもありました。その当時はちょうど一九六〇年前後……冷戦の緊張が高まっていた頃です。一九六二年にはキューバ危機もありましたし、核戦争の脅威というのはまさしく現実的なもので、うちにあった初期の頃の白黒テレビでもそんな番組をよく流していたので、「もしかしたら明日にでも世界が終わってしまうのでは」と、言葉にできない不安感がどこかにありました。母が戦中戦後を佐世保と長崎で過ごしていたこともあり、はっきりとは聞かなかったものの、原子爆弾の恐ろしさというのが子供の鋭敏な感性によって以心伝心で伝わってきていたのでした。初めて感じた「怖い」感覚が、この漠然とした不安感であったというのは、その時代の幼児としては珍しいことだったでしょうか？　もしかして、他にこれといった現実的な問題がなくて、安全で恵まれた環境にあったから、そういう目に見えない時代の空気を感じてしまっていたのかもしれないのですが。まあ、子供の頃から世間一般と感覚がズレていただけなのかもしれません。

祖母はその後病気になって寝たきりになり、父と母、特に元看護婦の母が看病していましたが、私が四歳になったぐらいの頃に亡くなりました。七五歳くらいだったでしょうか。乳がんでした。そのちょっと前に妹が生まれたばかりで、従って妹も、さらにその一年半後に生まれた弟も祖母の記憶はありません。生前の祖母のことを覚えているのは姉弟のうち私だけです。父母も父の兄弟も全員いなくなった今、祖母のことを書いておくのは、あれだけ可愛がってもらった私の義務かもしれないと思いここに書いています。

さて、私も還暦を過ぎ、人生も終わりが見えるようになってきて、これまでを振り返ってみると、まあいろいろとあったような、それなりに平穏だったような、平凡な人生ではあるのですが、知らず知らずのうちに、いつの間にか先祖の誰かにライフコースが似てきているのに気づき愕然としたもので、若い頃にはハナから馬鹿げていると避けてきていた「ルーツ調査」を遅ればせながらやってみることにしました。ご先祖さまがどうのこうの、などと言っていると、いまどきはヘンな宗教の人ではないかと疑われたり誤解されがちなのでイヤだったのですが、つらつらこれまでの体験を考え直してみるに、どうやら日本社会といいますか、この社会というのは、かなりの部分、血縁地縁などにより与えられる役割だとか期待される役割というのが決まってくるようにできているようで、また当然ながら先祖とは同じ遺伝子を持って生まれているわけですから、性格だとか行動原理なども似てしまっていて、結果として、先祖の誰やらと近似パターンのライフコースを歩んでいる、あるいは周りからそちらに行かされてしまっている、というのが実感なのです。

現在父方の本家となっている、父の弟に当たる叔父の東京大泉学園にある家を訪ね、伯母に父方本家林家の戸籍謄本だとか系図などをもらって調査し、改めていろいろなことが分かり、自分の人生がなぜこういうコースを辿ることになったのか、だいぶ納得のいくところがありました。こんなのはよそ目から見ればただの自己満足にすぎないでしょうが、どうも制御が難しかった自分の人生を、遺伝子の作用ということである程度説明ができて、自分で納得できたというのが最大の成果でした。なんだ、こんなことなら、最初からDNA調査をしておいて、自分の血縁がどんな傾向で、歴史的に日本社会ではどういう役割だったのか知っておけば、自分が何をしたらいいのか、周りに納得してもらえるような役割が何か分かって作戦を考えられたのに、少なくとも心の準備ができたのに、と拍子抜けする思いでした。今更遅いのですけど。

林家のルーツ

林家のルーツは岐阜県にあります。父方祖父林光三郎は一八七八年生まれで、本籍地は岐阜県岐阜市、ここから少年時代に名古屋、さらに三重県桑名市に出て丁稚奉公を始めたそうです。祖父の本籍地の住所をグーグルマップで調べると、意外なことに岐阜市内で岐阜城の近くでした。祖父の父は当然ながら江戸時代の生まれですが、先祖は農民だったと聞いていて、岐阜の山の中と思っていたので、こんなに岐阜、美濃の国の中心部に近かったとは驚きでした。岐阜城といえば戦国時代にはあのマムシの斎藤道三がいたところですが、道三の娘である濃姫が織田信長の正室で、結局信長が美濃も支配下に入れたので、安土城に移る前、しばらく信長も岐阜城にいたらしいです。先祖は農民とはいえ、岐阜城下にいたのであれば、戦国時代には武士もやっていたかもしれないし、どうもオタク傾向の強い父方の遺伝子からして、職人なんかも兼ねていたのかもしれない、信長や濃姫、道三なんかも見かけていたのかも、などとついついまたマンガ的空想にふけってしまうのでありました。またはゲームの「信長の野望」のやり過ぎでしょうか？

岐阜市内には林家本家・分家筋の血縁が今も住んでいるとみられ、そこを訪ねていけば菩提寺も分かり、お寺の過去帳を調べれば、江戸時代、そしてそれ以前の系図も調べられると思うのですが、岐阜まで今後行ける可能性は低く、そのあたりは大学史学科専攻の息子に頼んでおくつもりです。美濃国ならば京都にも近いですし、かなり前まで調べがつく可能性もあります。

祖父林光三郎

父方祖父林光三郎は、父が生まれた二年後に亡くなっていますので、当然私は本人に会ったことはありません。両親や伯父たちの言い伝えで、岐阜から名古屋に出て、大店に丁稚で入り、そこから叩き上げで水戸で米問屋をやって成功した大正成金だったようです。一時は「関東の林、茨城の林」と言われるぐらいになり、最盛期には水戸の偕楽園で芸者を総揚げして大遊びしたとか、女遊びが派手で芸者さんのお妾さんが何人もいて、祖母が怒って箒にその芸者さんの名前を書いて玄関に立てかけておいたら、祖父が「お前は馬鹿だなあ」と苦笑していたとか、関東大震災でお米を載せた電車が炎上し、大損害を受けて、その後一気に商売が傾いて破産してしまった、なんてことを、話を盛るクセのあるサービス満点の大ボラ吹きの伯父などから聞いていたのですが、話者が話者であるだけに話半分以下に聞いていたのでした。

そういった身内向け自慢話フォークロアの登場人物として知っていただけの祖父でしたが、今回伯母から祖父の若い頃の写真を見せてもらったり、系図とか奉公先のお店の話など詳しい情報を得て、だいぶリアルな人物像を描けるようになりました。

何よりも衝撃的だったのは、祖父の少年時代の写真でした。明治時代、一九世紀末頃の一七歳の祖父が、まるで高畠華宵の美少年画から抜け出たような美少年で、今でいえば松田翔太の目を小さくした感じだったからです。それはくらくらするような驚きでした。若手俳優さんだと松田翔太が好きだとよく人にも言っていたのですが、なんだこれはおじいちゃんじゃないか、要するにナルシスム？　と、あまりにも簡単に説明がつきすぎて笑ってしまったのです。高畠華宵の美少年画は一〇代の頃から好きで、それが一九七〇年代の少女漫画の美少年の絵、BLものにつながる系譜となるのですが、完全にウソだろう、妄想の世界だろうと思っていました。けれども、明治大正時代においては、善悪併せ持つパワフルなエネルギー過剰のヤンキー美少年というのがリアルに存在していたのですね。しかも直系の先祖として。

わが祖父ながら、こんなエネルギー過剰リスキーなベンチャー企業家タイプ、破滅型美少年って、一九七〇年代、八〇年代以降にはまず存在できないだろうし、ヤンチャ過ぎてコースアウトしてしまい、あちこちひっかかって危険だから、子供のうちに親や学校で修正されたり、突出するといじめられるのでつぶされたりして芽を摘まれてしまうだろうな、などと考えました。でも、明治大正期の日本であれば、こういう今なら危険人物としてどこかに閉じ込められそうなキャラクターがたくさんいたのではないでしょうか。私の祖父に限った話ではないと思うのです。そしてこういう過剰エネルギー生命力にあふれた人々こそが、大げさかもですが近代日本の発展を支えていたのではないでしょうか。

光三郎という名前から察するに、多分祖父は三男だったのだろうと思います。一〇代前半くらいで家を出て名古屋、さらに三重県桑名市の諸戸清六という社長さんの会社に入り、そこで修業を積んで、二八歳頃に諸戸社長が亡くなったのに伴い、暖簾分けをしてもらって水戸に米問屋を開いたようです。この諸戸清六さんという方は、ウィキペディアにも載っている、近代日本の実業家、資産家として有名な方でした。諸戸家は平安時代に遡る長者の家で、諸戸庭園というのが桑名市に残っています。会社もまだあるようです。清六氏は全国各地に別荘を建て、その一つは鎌倉長谷にあるとのことで、今もあるというのも驚きでした。日本はほんとに狭いです。どこがどう繋がってるもんだか分かったものじゃないですね。

その桑名市にあった、やはり商家の大島家の養女だった祖母のみ奈と祖父が出会い、大正五年に婚姻届が出ているのですが、長男である父の長兄光一伯父は、それ以前の明治三八年に出生届が出ていますから、この時代の戸籍というのはかなりいい加減ですし、婚姻制度についてもまだまだグレーゾーンが多く、いつ頃祖父と祖母が出会ったのかは不明です。祖母もまた過剰エネルギーの人であったのですが、この時代の日本人にはありがちなタイプであったのかもしれないですね。

私自身は、どうも若い頃から、「あなたはおとなしくて地味な優等生タイプなのに、友達が派手な人が多いから不思議だ」とか、冗談で「危険人物ホイホイじゃないの」なんて言われるぐらい、多種多様な個性的な友人に恵まれていたのですが、要するに、DNAのなせる業か、リスクテイカーといいますか、ベンチャー系に引き寄せられる、あるいは引き寄せてしまう何かがあるようなんですね。だいたい、友人関係で自己破産を経験した人が三人もいるなんてのが我ながらすごいのかもしれません。祖父は米問屋なんてやってたわけですから、当然米相場なんかもやってたでしょうし、まあ相場師、山師ですよね。私自身も還暦近くなってから安全第一（のつもり）で株式なんてやってしまいましたが、そのとき妙にワクワクしてしまったというのも、私の内なる祖父の山師遺伝子のせいだったのかも。と、もうなんでも遺伝子のせいにできるので助かるのであります。

祖母林み奈

最晩年の数年間孫の私を可愛がってくれて、私の記憶に残っている祖母の林み奈は、旧姓大島み奈で、桑名の商家の養女だったのが、何かの縁で祖父と結婚することになったようです。私の父が名前を継ぐことになった桑名の大島家、祖母も養女だったので、先祖は血縁ではありません。菩提寺は専正寺といって浄土真宗のお寺でした。母が亡くなった後、父が菩提寺を横浜市栄区の浄土真宗のお寺に移したため、大島家のお墓は栄区にあります。祖母の幼少期については不明なのですが、この大島家がけっこう資産家であったとのことで、それなりに恵まれた環境だったようです。

祖母については、ともかくしっかり者で姐御肌であったと親類の間で伝えられています。祖父も頭が切れてやり手の成金で遊び人だったわけですが、それに負けずとも劣らないエネルギーの祖母、しょっちゅう箒を持って祖父を追い回し、家庭内バトル、大立ち回りを演じていたそうで、今だったらDVと思われて近所の人に警察を呼ばれそうな騒ぎだったとのこと。その分、後に引かずスッキリして、ケロッと笑い合ったりしていたらしいですけどね。

でんじゃらすじーさんの祖父が、勝手に成り上がり勝手に大遊びして派手に散財し、関東大震災という災害にあって破産の憂き目を見て、ガックリして二年後の一九二五年に四七歳で亡くなった後、この破滅型の人のバックアップ、後始末を引き受けたのが祖母ということになります。すかさず後を引き受け、復興する役割の人が破滅型と一緒にいるというのがまさしく割れ鍋に閉じ蓋。とはいえ、会社整理の際には祖母の実家大島家が援助したり、結局ほとんど財産が残らなかったのを、その残った僅かなお金で祖母は白無垢を作ったと聞いています。祖父の死後すぐに長男光一伯父が家督を継いでいるのですが、末子である父の弟光雄叔父はまだ祖母のお腹の中でした。父も一歳だったので、当然父親の記憶はないわけです。

小さな子供達とともに残された祖母、長男が家督を継いだとはいえ、まだ旧制高校生か帝大に入ったばかりの二〇歳です。途方にくれてしまい、子供達の手を引いて、線路の上を歩いたらしいのですが、そのうちにふと考え直し、いったん死んだ気になってがむしゃらにやろうという気が起きたとのこと。ここで祖母が考え直さなかったら、もちろん今私も存在していなかったことになります。

祖母はその足で水戸駅前にあった祖父の知り合いの商店に、子供たちを連れて住み込みで働かせてもらえるよう頼み込みました。昭和初年の頃、まだまだ義理人情とかそういったものがあったのでしょう、寮に入っていたらしい長男の光一伯父を除く四人の子供達も一緒にその商店が引き受けてくれたのだそうです。豪毅な姐御肌だった祖母が、その後孤軍奮闘して子供達を育てたわけなのですが、もちろんきれいごとじゃすまされなかったようす。結果として、父と弟の光雄叔父が光一伯父と同じ旧制水戸高校に入り、「息子三人を旧制高校に入れた」ということで成功談になってるのですが、もちろんそこに到達するまでにはいろいろな苦闘苦難があったようですね。いわゆる「後家のふんばり」というアレで、いったんポシャった家を復興させたのですが、このあたりの忍耐力とか男っぽさだとか、まあなんというかやはりエネルギー過剰、じゃじゃ馬と祖父に呼ばれていたらしい祖母の本領発揮でしょうか。そういう潜在能力を発揮するハメになど陥らないほうが良いのでしょうけど、追い込まれれば頑張るしかないですからねえ。

はっきりしたことは分からないですが、一〇年くらいのうちに長男の光一伯父が大学卒業、弟たちと妹を養うために東京新大久保に医院を開業、そこに家族が引き取られたとのこと。次男の元三伯父は銀座のレストランに勤めるようになり、三男の父が金沢大学に、四男の光雄叔父は早稲田大学に進学しました。そのあたりの詳細はよく分かりません。ともかく祖母は戦後ずっと大久保の光一伯父のところにいたようなのですが、晩年の数年間は一番仲が良かった父の家に住んで、その頃の姿を私が見て覚えているわけです。祖母はともかく孫に優しくて、年とっていたけれども、浮世絵に出てくるような顔立ちで、古風な美人であったと伝えられるのも、身内が言うのも恥ずかしいですが、まあ納得がいきました。私の妹が容姿も性格も祖母によく似ていると皆に言われていたんですが、ともかくしっかりものなので。どうも姉妹で男っぽく、ついつい無理なのに誰かの世話を焼きたくなってしまったりパワー過剰な性格で任侠おばちゃん？　なのもこの祖母の血を引いているからなのかもと思ったりします。祖母はともかく苦労人でしたから、人間の良い面も悪い面も全部分かってしまったらしいですね。破産した際に、それまで親しそうにしていた人たちが手のひらを返したり、池に落ちた犬をさらに棒で叩くような仕打ちを受けた体験もあったらしく、そういう人たちのしたことはずっと忘れなかったそうです。でも私の覚えている祖母は、ともかく優しくて穏やかなキレイなおばあちゃんでした。人間のいいところも悪いところも知りながら、なおそれを超えてそっと笑っている、そんな笑顔が私の脳裏に焼き付いています。

　こんなこと書いているのは身内自慢したいからというわけではなく、戦前戦中戦後にはこのようなファミリーは他にもたくさんいたのではないかと思うからでして、関東大震災がきっかけで破産していったんチャラとなり、その後がんばって復興し、さらに戦災にもあって家が焼けたりしたけれども再び復興、この二つの災害は二二年の間隔で起きていまして、まさしく激動の時代を家族で生き抜いてきたわけですね。東京もこれで二回ポシャっていて、そのたびに復興しているんで、日本の歴史というのは戦災も含む災害で何度もチャラになりながらそのたびに復興している人たちの歴史であって、わがファミリーの歴史もその流れの中にあったということなんです。何らかの災害に遭わないようにするのも大事なのですが、それでも災難に巻き込まれた場合、どのように被害を最小限に止め、復興させていくか、ということのほうが、これからを考えても大切で、子孫にはその復興の仕方、サヴァイバルの方法、何があっても生き抜いていくというパワーが遺伝子の中にあるということを覚えていてもらいたいような気がいたします。自分が体験したわけでなく伝聞なのですが、つなぎの世代としまして、この先祖のライフヒストリーは伝えておく義務があるんじゃないかと思いました。そんなことしかできない自分が歯がゆいのではありますが、せめてもの仕事としまして。

伯父林光一

父の長兄である伯父林光一は、明治三八年に出生届が出ています。祖父母の長男ですが、出生当時にはまだ祖父母は入籍していなかったことが戸籍から分かります。祖父の死後すぐ、大正一五年に家督を継いで林家の戸主となっています。当時二〇歳で、まだ旧制水戸高校在学中か、帝国大学の学生だったと思われます。母親と弟妹たちが商店に住み込みになっていましたが、学校の寮にでも入っていたのか、それとも書生でもやっていたのでしょうか。この光一伯父は地元で秀才として有名だったらしく、「林ピカ一」というあだ名で呼ばれていたと、例の大ボラ吹き身内自慢フォークロアの語り部である元三伯父が言っていました。大学でも優秀だったので研究室に残るよう教授に誘われたけれども、「弟たちを養わないといけないので」と開業に踏み切ったそうです。

戦時中には、三〇代後半ぐらいに軍医として徴兵され、中国に渡ったと聞いています。中国のどのあたりかは分かりません。多分北部の満州あたりではなく、南部のほうであったのではと思います。満州ならば、ソ連軍に捕まってシベリア送りになっていた可能性もあるので。ともかくよく無事に戻れたものです。帰国後には、新宿区新大久保の医院の院長をやっていました。この新大久保の伯父の家には、一時祖母や父、父の弟の叔父なども住んでいたそうなのですが、戦後すぐには新宿はすっかり焼け野原になってしまい、今の伊勢丹のあたりまで家から全部見渡せたそうです。新宿には闇市が建っていて、ここは泥棒市といいまして、盗品を売っていたとか。新大久保の家の玄関の靴がごっそり盗まれ、この闇市に行って買い戻してきたなんて話を父がしていました。

光一伯父は私が七歳くらいの時、くも膜下出血で倒れて五七歳で死去しました。新大久保の家に何度か連れて行かれて、生前の伯父に会ったことを覚えているのですが、いかにも怜悧な昔のインテリ風のメガネ男子で、父など弟たちにとっては父親がわりの長兄であり、父はこの秀才の兄に対して畏敬とともにコンプレックスや反発も感じていたようで、そのあたりは複雑な兄弟愛というところでしょうか。家長としての責任感も強かったのでしょう、光一伯父はちょっと厳しさと近寄り難い雰囲気がありましたね。伯父の奥さんの伊良子伯母は、いかにも東京のお嬢様という感じの人で、わりとものをはっきり言うタイプだったのですが、ベッドが白いレースカバーで、やはりレースのカーテンがついているという、昔風セレブだったので、私たち姉弟と光雄叔父の息子である従弟二人でそのベッドに乗って遊んでいたら怒られた記憶があります。

伯父の家に親類が集まり、そうめんを食べさせてもらったのもうっすら覚えています。白いそうめんの中に混じっているグリーンとピンクのそうめんを選んで食べるのが楽しみでした。室内犬のテリアがいたのも覚えています。伯父は一人娘である従妹の光子さんには甘かったようで、光子さんは成城学園に行ったのですが、そこで先輩か同級生の沢さんと出会って結婚したようです。光子さんはほんとにバリバリのお嬢様で、父親の葬式の時に貧血で倒れて親類一同の顰蹙を買ったとか、大学を出てから出版社に就職したけれども一週間くらいであちこち具合が悪くなってやめたとか、いろいろと必殺お嬢様エピソードがありました。光子さんが大学生の頃に赤いコートを着ていたら、光一伯父が「郵便ポストみたいだな」とボソっと冗談を言ったというのが、（まず冗談なんて言いそうにないイメージの人が無理に冗談言うとギャップでおもろいというキャラ依存型ジョーク）ネタとしてはつまらないけどあんまりらしくないボケで笑えました。

光子さんのおムコさんの沢さんは東急グループに勤めていましたが、やはり東京のオボッちゃまという雰囲気で、ひょろっとしていて、飄々としており、いろいろとオタクといいますか、江戸風粋人趣味人で、晩年には江戸の和菓子の老舗を食べ歩く企画のホームページを作り、和菓子の写真など載せていたので、甘党の父がハマってしまい、和菓子のカレンダーをダウンロードして使っていたりしました。光子さんには娘さん二人できましたが、両親と同じ成城学園に行って、卒業後にはイギリスに渡ってそちらで働いていると聞きました。十数年前にイギリスの娘さんからメールをもらったら、「こちらは寒いし食べ物がまずいけどがんばってます」なんて愚痴が書いてありましたね。今もイギリスで働いているのか、シングルなのか、パートナーがいるのか、そのあたりは分からないです。そろそろ二人とも五〇歳くらいにはなるんじゃないでしょうか。

伯父林元三

父の兄弟は、成人したのが男性四人、女性一人の五人だったのですが、戦前にはよくあることで幼児のうちに亡くなった兄弟も数人いたようで、そのうち一人の赤ちゃんのときの写真を伯母の家で見せてもらいました。父の次兄にあたる次男の元三伯父は、長兄の光一伯父とはキャラが正反対で、四人の男兄弟のうち、ただ一人旧制高校—大学のコースに乗らず、銀座の老舗レストランで働いて、店長にまでなった人です。ルックス的に植木等と丹波哲郎を足して二で割ったような、まあお笑い系＋ヤンキー系古風イケメンでしょうか。この人がともかく豪放磊落そのものの昭和のおじさんで、親類で集まった時など林家の身内自慢話をおおげさに盛って話す林家フォークロアの語り部でした。基本身内向けの話ですから、よその人には嫌みに聞こえるでしょうし、血縁じゃないお嫁さんの伯母たちは「林兄弟ってエラそうでやーね」（笑）などと陰口を言ってましたし、私も話三割くらいで聞いてたのですが、それでもこの豪快大ボラ吹きの伯父の昔話は聞いてて楽しかったですね。こんな風に兄弟の結束が強いのは、母子家庭で支え合いつつ林家を復興させたということがあったからと思いますが、父親代わりであった長兄光一伯父に対しては、身内として自慢の種にしつつも、兄弟に対して有無を言わせない強権を発する家庭内権力者として、弟たちは反発もコンプレックスも感じていたようですね。

元三伯父は銀座で客商売をやっていたわけですから、ともかく気さくで庶民感覚があって、水戸生まれとはいえ江戸っ子気質がありました。水戸っぽらしいせっかちさだとか、怒りっぽさとか単純ナイーブさもあり、バスを待っていたら時間どおりに来ないので、怒って停留所の標識を引き抜いたとか、酔っぱらって工事現場の三角コーンを持ってきてしまったとか、今だと警察ざたになりそうなことをいろいろやらかしてくれて笑いをとっていましもですね。祖父の過剰エネルギー不良ベンチャー気質をこの伯父が性格として受け継いでいたのかもですね。

父に連れられて常磐線に乗って水戸から上京し、銀座の伯父のレストランに入って「ハヤシライス」を食べたのが思い出に残っています。常磐線では北千住のあたりを通るとき、煙突が四つばかり見えるのを、父が「あれは見る角度によって本数が違って見えるからお化け煙突って言われてるんだ」などと説明してくれました。昭和三〇年代の銀座というのは、まさしく「ウルトラマン」に出てくるような町並みでして、いまやノスタルジックな東京タワーなんかもランドマークになっていましたね。

元三伯父の狛江の家に何度も行って、しばらく泊めてもらったこともあるし、伯父の奥さんのとら伯母は、房総の漁師町の出身だったんですが、そこに行ったこともあり、海を見渡せる家で、夜になると漁火が見えて幻想的な風景だったのが目に焼き付いています。狛江の家には元三伯父の四人娘の従妹たちがいて、いろいろと遊んでくれました。滞在中に元三伯父ととら伯母が夫婦喧嘩を始めたことがあり、私のうちではまず夫婦喧嘩ってなかったので、「あわわ、どうしよう」と驚いてしまったことがあります。とら伯母が「私は千葉に帰りますから」とキッパリ言い渡していて、日頃豪快な元三伯父が「まあまあそんなこと言うなよ」と、妙に下手に出ていて弱気になっていたのが後で考えたらおかしかったですね。

従妹たちのうち長女由美子さんは、オリンピック記念青少年総合センター職員だったダンナ様と二八歳という当時としては遅い結婚をしたのですが、次女の敬子さんは昭和のヤンキー少女で、不良っぽい男性と同棲していたため、頑固オヤジの元三伯父が二人のところに乗り込み、二人を殴ったとのこと。それでも結局二人は結婚して、ダンナが新潟でキャバレーチェーンか何かをやって経営成功してしまったので、末娘の愛子さんは、法政大学を出て同級生と結婚したけれど、当時不況でダンナに就職がなかったということでこの姉夫婦を頼って新潟で暮らすようになりました。三女の洋子さんは、バセドー病のため、一七歳で亡くなりました。痩せていて線の細い感じのお姉さんでしたが、顔が私の妹によく似ていました。いつぞや、うちに遊びに来た元三伯父が、酔っぱらって妹を見て、「洋子を思い出す」と泣いていたこともありました。喜怒哀楽のはっきりした人情家で、いかにも下町気質だったのが元三伯父の魅力でしたね。九州人の母は、この元三伯父のことを「男前だ」と言ってました。ワイルドで豪快しかも繊細なところが九州男児（のイメージ）ぽくて母好みだったんでしょうね。

さて、元三伯父は銀座のレストラン店長を長年勤めあげて定年退職したのですが、その後銀座の路上で甘栗売りをやっていました。この伯父のことですから、気にいらない客だとか態度が悪い客には「お前には売らん」と、栗を売らなかったそうで、たかが甘栗売りのくせして、「銀座で一番威張ってるおじさん」として局地的に有名だったとか。まあ長年レストランやってたので知り合いも多かったでしょうしね。いまどきの過剰なまでのサービス業界の常識からしたら、こんな物売りってありえないでしょうし、すぐ2ちゃんねるなんかでチクられたりして炎上したりして「エラそうな甘栗売り有害高齢者」みたいにつるし上げられるでしょうね。まあ、この人なら仕方ない、みたいに、ゆるさのあった時代だったということで、もちろん昭和なんてとんでもないことの多い時代で戻りたくなんかないんですが、こういうおもろいキャラをほっといてくれた包容力の広さというところは良かったんじゃないかな、と是々非々の意見です。

元三伯父は甘栗売りの後は築地の橋の近くのビルの警備員をやって、それから完全にリタイアして長女夫婦の家に引き取られ、九八歳で天寿を全うしました。この九八歳というのは林家における最長寿記録ファミリー限定ギネスもの記録です。あのともかく豪快な「ぐわっはっは」という大笑いが忘れられませんね。

伯母林喜美代

父の三歳上の姉が、喜美代伯母でした。年の近い姉で父と仲が良かったようです。親族のフォークロアとして、「秀才伝説、美人伝説」というのが必ずあると思うのですが、林家の場合には、秀才伝説は光一伯父で、美人伝説にあたるのがこの伯母でした。喜美代伯母はともかく当時として絶世の美人であったと語り部の元三伯父や私の両親がよく言っていました。二四歳で夭折したということもあり、よけいにそのイメージが強烈で、親族の間でレジェンドとなっているのです。

伯母は水戸の女学校でも首席をとるぐらいに学業も優秀であったそうですが、母子家庭ですから、また戦前戦中という時代もあり、大学には行かず、多くの縁談が舞い込み、資産家の家に嫁入りしました。喜美代伯母が美人であることは近所の評判となって、わざわざ見に来る人たちもいて、ある時はその見物人が玄関にたかっていたため、伯母が家から出られなかったという事件も発生したとか聞きました。本当かどうかは分かりませんが……「キレイだけれど影の薄い感じがする」と、写真を見た母が言っていました。

喜美代伯母は戦中と終戦後、婚家のために食料調達に奔走し、闇米や食料を運ぶ重たいリュックを背負っていたとのことで、線の細い人だけにその姿が血縁には痛々しく見えていたそうです。そんな重労働がたたって、もともと蒲柳の質だった伯母は結核で倒れました。この病気は当時多くの若い人たちが罹り、命を奪われたことで知られますが、父も二〇代で罹ったことがあり、その時代には珍しいことではありませんでした。食糧難の時代ですから、栄養状態も悪いですし、衛生状態も今の時代の比ではなかったでしょう。体の弱い人ならひとたまりもありませんね。

伯母は二四歳で亡くなりました。子供はありませんでした。祖母がお見舞いに行くと、「○○さん（ダンナ様の名前）は今日来るかしら？」などと言っていたそうです。伯母の結婚相手は地元の旧家の長男であったため、伯母の死後にはすぐ再婚したそうなのですが、それは立場上仕方なかったでしょう。ただ、林家側の親類はもちろん血縁としての情がありますので、「あいつは婚家に使い捨てにされた」というようなことを酔っぱらった元三伯父が言っていました。ただ一人の女姉妹でしたから、林家四兄弟は伯母のことを大切に思っており、ずっと彼女のことを忘れませんでした。

元三伯父が保管していた伯母の遺品のアルバムを見せてもらったことがあります。伯母の短い生涯の記録となる、幼い頃からの写真が集めてあり、中には子供時代の父や伯父たちが写っているものもありました。それらの写真には伯母の端正な筆跡でコメントがつけられており、「弟の輝也と光雄と」などと、楽しげに書かれていました。メガネをかけた少年時代の父が猫を抱いていて、喜美代伯母と一緒に木造の家の窓から顔を出している写真だとか、女学校の集合写真、同盟国の交流で水戸に派遣されてきたらしいヒトラー・ユーゲントのドイツ人青年たちの写真など、歴史史料となりそうな貴重な写真もありました。

伯母の写真を見ますと、確かに切れ長の目の古風な顔立ちの美人でした。今の基準で見ても美人でしょうし、戦中戦後の時代はみんな素顔でしたから、当時の基準からすれば相当な美人として記憶されてもおかしくないだろうと思いました。この伯母の写真ですが、二〇年ほど前、ずっと英語参考書編集や添削などの仕事をもらっていた編集プロダクションの要請で、「昭和前半の頃の女性の髪型」のサンプルとして提供させてもらい、子供向けの教育本『写真で見る20世紀の歴史』（タイトルは違っていたかも）に載せてもらうことができたので、伯母の姿が記録に残ることとなり、若くして亡くなった彼女の記憶を後世に残すことに貢献できて、姪として義理を果たすことができたような気がしました。もちろん父も喜んでおりました。このアルバムを見ていたら、お友達や弟たちと笑顔で写っている伯母、そして楽しそうなコメントの肉筆を見まして、伯母の青春時代が幸せなものであったことが伝わってきて、こちらも何かほっと安心したのでした。林兄弟が全員亡くなり、喜美代伯母のことを覚えている人がもういなくなったので、せめても私がここに記録しておき、子孫に彼女のことを伝えておきたいと思っている次第です。

叔父林光雄

林兄弟の末っ子で、父のすぐ下、一歳違いの弟にあたるのがこの光雄叔父です。長兄、次兄の家が娘ばかりで、三男の父が祖母の実家の姓を継いで大島家となったため、四男である林光雄叔父の家が現在林家本家の役割を担っていまして、光雄叔父の二人の息子たちのうち、長男である私の一歳下の従弟が跡継ぎとなりました。水戸の林家菩提寺での法要などはこの従弟が責任もってやっているそうです。従弟にも二人の息子がおり、長男に子供が生まれたそうなので、とりあえずはそこまで林家の本家のほうは繋がりました。あまりそういったことにこだわったりはしていないのですが、従弟本人が二〇歳の頃から「自分は長男だから」などと自覚を持っていまして、ぽおっとおっとりした坊ちゃん風の子なのにエライなあなどと当時思ったのでした。若い世代にそういった重荷を負わせるのは本意ではなく、基本本人の自由意志でいいと思っていますが、ともかく林家のケースはそうなっているという話です。

光雄叔父は、光一伯父、父とともに三兄弟で旧制水戸高校に入りましたが、ちょうど卒業のタイミングで教育制度が変わってしまい、それまでは旧制高校生は自動的にどこかの帝国大学に入学できることになっていたのですが、光雄叔父の学年からは受験をしないと大学に入れなくなってしまいました。誰も勉強などしてなかったわけですから、当然入試に合格できるわけがありません。そういう不運でひねてしまった（と父が解説）光雄叔父は、浪人の末早稲田大学の商学部に入学したそうです。そこも結局中退したとのことですが、まあ早稲田の場合、卒業した人より中退した人のほうが成功している例が多く、「早稲田中退」のほうがブランド価値があるというジンクスがありましたから、そのあたりは問題なしかも。

叔父は大学中退後、農業用機械で大きなシェアを持つ大企業に就職しました。文系なので営業が主な仕事だったようです。若手社員だった頃、ちょうど内灘闘争という事件が石川県であったのですが、叔父は米軍施設建設反対派に対して説得交渉にあたる会社側の要員として動員されたそうで、当時叔父の会社は兵器も輸出しており、「死の商人」などと呼ばれて、反対派に対峙させられる泥かぶり役を引き受けた叔父は、さんざん罵倒されたり、ひどい時は殴られるなどして、ストレスで胃に穴があいたということです。林家四兄弟のうちこの叔父だけが大企業会社員というカタギなコースに進んだわけですが、理想家ロマンチストの父とは違いリアリストで常識人だったのは、こういう経歴のせいもあったでしょう。それでも一歳違いの兄弟として父とこの叔父は仲がよくて、父は叔父のことを「みっちゃん」と呼び、しょっちゅう家族で集まったり電話で話すなどして交流していました。

叔父は会社員として定年まで勤め上げましたが、その会社員生活はいろいろと苦労も多かったようで、四〇代の頃にサウジアラビアに出張し、現地の人たちの労働の監督などしました。けれどもムスリムの人たちはしょっちゅうお祈りしたりするので仕事が一向に進まず、日本人としては苛立つことばかりで、半年くらいして帰国した後、胃潰瘍を患いました。父の病院に入院した叔父は、最初「胃がん」と診断され、父は「みっちゃんが死んじゃう」と涙を流し、同僚の医師のみなさんに「感情に流されるとは」と批判されたとのことですが、それほどに兄弟の絆が強かったということなのですね。結局誤診であったことが分かり、胃潰瘍の治療を受けて叔父は快復しました。

叔父は三〇歳の時に奈良出身の綾子叔母と結婚したのですが、綾子叔母はまだ二〇歳そこそこで、間をとりもったのは光一伯父の奥さんの伊良子伯母だったとのことです。綾子叔母の実家の服部家は奈良では旧家として知られていたそうで、服部家の歴史は平安時代の京都まで遡れます。先祖は淀藩の藩士だったとのこと。綾子叔母はいかにも京女らしくおっとり上品で、けれども遠回しにはっきりとイエスノーを言う人で、芯のしっかりした女性でした。伯父が会社の仕事で損害を出したときには、奔走して穴埋めをしたと母から聞いています。従弟二人は私より一歳下と三歳下の二歳違いの兄弟でしたが、子供の頃うちに遊びに来ると、しょっちゅう些細なことで大暴れのケンカをしていましたね。兄は日産のエンジニア、弟は外資IT大企業のエンジニアになり、それぞれ子供もできたので、光雄叔父はリタイア後、三人の孫に囲まれてハッピーだったようです。

光雄叔父は、父の死後三年ほどして八六歳で亡くなりました。入院して数ヶ月の大往生で、「大好きなお兄さんたちのところへ行ってしまいました」と綾子叔母が言っていました。この林家本家は東京大泉学園にあります。光雄叔父はちょっと皮肉屋ではありましたたが、ロシア文学などに興味があって、旧制高校出身者らしく教養があったので、基本リアリストでしたが話が面白かったです。林家の菩提寺は水戸にある臨済宗の常照寺で、二〇一一年の東日本大震災の折には被害を受け、墓石が倒れるなどして、復興のため檀家の人たちがずいぶんと寄付をしたと聞きました。

父大島輝也

父大島輝也は、林光三郎とみ奈の三男として大正一三年(一九二四)、関東大震災の翌年に誕生しました。大正一四年に祖父が亡くなり、長兄光一が家督を継いだときにはまだ一歳ちょっとだったので、父親の記憶はなかったそうです。父はともかく祖母と仲がよく、祖母も父のことをとても可愛がっていまして、祖母の実家の姓を継いでほしいと父にもちかけ、父は簡単にOKしたとか。だからわが家だけが大島姓となっています。桑名の大島家は商家だったのですが、祖母も養女として引き取られたので、血縁はありません。

父は晩年の数年間認知症ぎみだったので、ずうっと水戸で過ごした幼年時代や子供時代のことばかり話していました。ともかくマザコンなところがあって、一生旧制高校生のメンタリティのままでしたね。旧制高校に入るのは難しいのですが、入学してしまうとそのまま帝国大学に入れることになっていたので、旧制高校生というのはまず勉強などせず、モラトリアムの時間を過ごしていて、バンカラな（死語）学校生活を送っていたらしい。北杜夫さんの『どくとるマンボウ青春記』を読むと、そのあたりのことが分かりますね。北杜夫さんは父とほぼ同世代で、旧制松本高校で過ごしていたようです。作家の辻邦生さんが北杜夫さんの先輩だったそうですが、読書にふけって下宿に引きこもり仙人のような生活をしていて何年も留年したなんて話が出てきます。父も好きな読書ばかりしていて勉強せず、一回留年したらしいです。

父はともかく本好き読書好きで、本を読んでいる時が最高に幸せで、戦中戦後に入手が難しかった本を買うことができると至福の気分になったそうです。実家の本棚に「昭和16年」の日付のついている文庫本があったのですが、それが多分うちにあった最古の本で、父がまだ水戸高校に在学中の頃、戦時中に発行された岩波文庫版でした。父は日本文学のほか、フランス文学、ロシア文学といった翻訳ものも好きで、私が最初に父の本棚の本のタイトルを認識したのは、カミュの『ペスト』、プルーストの『失われた時を求めて』でありました。カミュの『異邦人』とかエミール・ゾラの『居酒屋』とかドストエフスキーの『罪と罰』なんかもありましたね。

当時の旧制高校生にありがちな文学青年だったので、父は小説家になりたかったらしいのですが、父親代わりの長兄の命令で医学部に行くことになりました。戦時中だったので、理系に行けば徴兵されないということもあったようです。金沢大学を選んだのは、北陸の古都に憧れていたからといういかにもロマンチストな（浮き世離れしてズレまくった）父らしい理由からでした。父は太宰の大ファンでしたが、なぜかと考えてみますと、太宰と父の共通点はまず兄へのコンプレックス。長兄が優秀な人で父親がわりだったという点、太宰も地方の旧家の四男だったので、長兄に対してはコンプレックスと尊敬の入り交じった複雑な感情を持っていたことが分かりますね。父は光一伯父に対して、同様にコンプレックスと父親代わりとして頼りにする気持ち、反発心と尊敬の念を同時に持っていたようです。もう一つ、太宰と父の共通点としては、女性の好みが似ているというのがあります。太宰というと恋人が不美人しかいないというのがよく言われていたのですが、父も地味目の田舎っぽい感じの、母性愛の強い女性が好みでした。母も後妻の義母も、それぞれ佐賀と会津の農家の出身でした。土の匂いのする母性的な女性が好きだったのはマザコンの表れでしょうか？

父は旧制高校時代から仲間同士で同人誌を作って創作していたり、医者になってからも勤め先の病院で同僚や看護婦さん、患者さんにまで声をかけてガリ版雑誌を作り、自分でも小説を書いたり編集をしていました。メンバーの作品を編集しながら、「なんだこれは浪花節じゃないか」などと言っていたと母に聞きました。その同人誌を見たことがあるのですが、父の作品は『病院』という題名で連載長編でした。文章がいまひとつ独りよがりというのか、読む人のことを考えてないところが笑えたのですが、ともかくずうっと青春気分のままだった父らしくて身内としてはほほえましかったですね（なんだおまへとそっくりじゃないかという突っ込みが入るのは想定内）。三〇代前半くらいまではこんな風に文学に浸り切っていたのですが、第二子の妹が生まれたら、気持ちを入れ替えてやめ、仕事に専念するようになったそうです。

戦時中は金沢で過ごした父ですが、大学の寮に入っていて、戦後の食料難の際には友人たちとカエルを捕ってきて焼いて食べたとのこと。アルバイトとして、舞鶴からナホトカまで往復する引き揚げ船の船医をやったこともあるそうです。初めての海外旅行だったので若かった父は楽しかったらしいです。満州やシベリア抑留の引き揚げ者が乗客で患者さんだったわけですから、業務は厳しかっただろうと思うのですが、本人にとってはワクワク経験だったようですね。いつ頃かははっきりしないのですが、二〇代のある時期、食料事情の厳しかった戦後すぐ、父も結核で倒れて長兄の新宿の家で療養していた時期があったとのこと。父が胸部外科を専門としたのは、自分が結核を患って手術を受けた経験があること、姉を結核で亡くしたことなどからでしょう。

父母が出会ったのは、当時東京武蔵野市にあった田無の病院であったそうですが、元佐世保の海軍病院の従軍看護婦だった母が上京し田無の病院で働いていたのは、妹にあたる叔母が清瀬の商店の跡取りと結婚して近くに住んでいたからとも、叔母のほうが姉を頼って上京してきて、最初は絵の勉強をしていたのが清瀬の叔父と会って結婚したからとも聞いていまして、どちらが本当か分かりません。母が父と付き合い出してから、「なんてぐうたらなんだろう」と思ったそうなんですが、「後から考えたら、あれはまだ結核が治り切らなくて動けなかったのね」とフォローしていました。父の背中には手術の跡がありました。父は冠婚葬祭などを派手にやったりするのは好きではなく、結婚式もしないで入籍だけですませたそうです。いわゆる「できちゃった婚」だったのですが、そのできちゃった子というのが私なんです。

晩年父が書いていた自伝を読ませてもらったら、私が赤ん坊だった頃に元カノが家に訪ねてきて、その時私がやたら泣いたとのこと。幼児の頃の私は神経質で病弱でしょっちゅう病気をしていて、父母を心配させていたのですが、夜泣きなども多かったらしく、それは一つには母乳の出が悪かったせいだろう、ミルクを使えばよかったなんてことを母が言っていたことがありました。妹と弟はミルクで育てられたんですが、私は母乳だけだったようです。父はまだ字が読めなかった頃の私に毎晩本を読んでくれました。だいたいは世界の童話だとかギリシア神話だとかラムの『シェイクスピア物語』といった子供用の本だったのですが、父が読んでくれた『シェイクスピア物語』のリア王の話は特に記憶に残っています。

どうもうちはだいぶ常識とズレていまして、何よりも大事なのが本だとかクラシックのレコードだとか、まあ精神的贅沢で、衣食住は全部質素でお金をかけない方針でした。食事のメニューは毎日同じでも父は文句を言わなかったし、グルメなんかには興味がなく、外食もほとんどしたことがありません。住むところは職場の官舎で、だいたい古い木造の平屋建てでした。着るものは原則もらいもので、私たちは新宿の伯母が半年に一回伊勢丹でまとめ買いして送ってくれる服を着てすませていました。うちが本であふれていて、最初に聞いた音楽はムソルグスキーの「展覧会の絵」だったのですが、それを言うと、いくらうちは地味で私も地味な格好をしていても、「やっぱりお嬢さんだねえ」と友人に言われてしまいました。まあ何と言いますか、世間の多数派の人たちと価値の優先順位が違っていたというのでしょうか。衣食住は最低限のミニマリズムで好きな本を読んで、好きな文章なんかを書いて過ごす、いわゆる晴耕雨読に憧れたりする傾向はずっと続いてしまってるんですが、今までしょっちゅう「変わってる」だの変人呼ばわりされることが多かったというのもそのせいがあるでしょうかねえ？　妹はだいぶ実務能力ある子でリアリストの面があったので、父そっくりの夢想家の私のことを心配して、「霞を食って生きるつもり？」などとしょっちゅう突っ込んでくれましたね。

父はよく本屋さんに連れていってくれて、好きな本を買ってくれたのですが、本だけはいくらでも買ってもらえたというのがやはり恵まれていたのかな。私は一〇代の頃までずっとお店といえば本屋さんと文房具屋さんにしか入ったことがなく、レストランにも年に二、三回行くくらいで、大学時代にようやく喫茶店とか居酒屋に行くようになりました。あとは一〇歳くらいの頃、天文学にハマっていた私のために、当時の小学生が持つにしては大きい望遠鏡を買ってくれたのも贅沢だったかもしれません。ともかく実用的じゃないものにやたら価値を見出すようなところがあったので、そのあたりで大人になってから常識はずれと言われたり、ズレてると言われたり何かとワル目立ちしてしまったのでしょうか。別に親のせいというわけではなく、もともとの自分の性格であったわけなんですけど。

父は私に「男に頼らなくとも生きていけるようになってほしい」「一生仕事を続けてほしい」というような希望を持っていたようですが、それはきっと祖母と姉の苦労を身近に見ていたから、そう思うようになったのではないかと推測します。ともかく「女らしく」なんてことは全く言われることなく、まるで長男扱いで育てられたのでした。それは私の世代としては珍しいことだったので、大人になってから何かと世間の常識とズレていて困ることもあったのですが、今の時代ならば別に普通のことなので、タイミングが悪かっただけかもしれませんね。当時としては早過ぎたみたいですね。

父はともかく子供ぽい性格でお茶目なところがあり、毎朝片手でピアノを弾いて、森昌子の「せんせい」を歌うのを日課としていました。毎朝だいたい同じ時間にピアノの音が聞こえるので、それで時計がわりになったくらいです。毎朝同じ曲を弾いてるのに、全然うまくならなくて、いつも同じところでつっかえてるのもおじさんのやることとしてはお間抜けで笑えましたね。父はともかく物欲が薄く倹約家で、「医療は福祉」という理念で国公立病院の勤務医、公務員を続けていたので、医者としてはビンボーなほうだったんですけど、世間一般では「医者は金持ちで金儲けばかり考えている」みたいな偏見を持つ人がいまして、大学の男性のサークル仲間に「医者は悪者だ」と決めつけられたことがあったので、そういうイメージとは全然違うキャラだということをその人に言いたくてそのエピソードを文芸部のノートに書いたのですが、その人にはスルーされ、別の女の子の後輩が「お父さんて可愛いのね」とウケてくれたのでした。「医者は悪者」呼ばわりする人に限って、「ところでオレの姉のことで相談したいから誰か医者を紹介してくれない？」なんて頼ってきたりするし、その人に頼まれてドイツ語の教材の翻訳をやったら、勝手にその翻訳を同級生に売っていたらしく、純粋にその人への友情、好意としてやったのに売られたりして、しかも「翻訳ミスがあったぞ」などとクレームをつけられたりしたので、私はだいぶ裏切られた気持ちになり、感覚が違い過ぎてこの人とはお友達やっていけないなと思い距離を置くようになったのでした。今思うとそういう人の感覚のほうが多分世間の多数派なんだろうと分かるんですが。

さすがに還暦過ぎて分かったのは、世間の多数派はともかく実用的なものに価値があると考え、お金になるもの、役に立つものを優先するものだということでした。そんなの当たり前で何をいまさらなんですが、もちろん自分でもちゃんと一応そういうことを気にするようになってますけど、一方で「実用性なく役に立たなくてお金にならないものでも価値のあるものはある」とも思ってまして、まあ両親が医療関係者だったこともあり、病気の人を相手にする福祉従事者としては、その方向の考え方もないとやっていけないですからね。親類に職人系アート系スポーツ系など多いオタクな傾向があるのも、友人関係もおおざっぱにオタク傾向が強かったりするのも、まあ類は友を呼ぶというアレでしょうか。でもオタクをやるにも衣食住最低限は確保しないといけないし、ベンチャー傾向もある血筋ですから、いろいろと経済社会データを分析したり、歴史から時代の流れを考えたりといったSF的未来予測（妄想）なんかもやっていますが、この頃はもう現実の時代変化のスピードのほうがずっと速くて、私なんかの頭では追いつかないのでした。当たり前なんですが。

さて弟が二浪の末大学に受かった後、下宿先を決めたり入学準備、それから父の夜間自宅開業準備のため奔走していた母が、過労と弟の進路の決まった安心感からか、くも膜下出血で倒れ五五歳で急死したのですが、父はその時珍しく涙を見せていました。しばらくは親類などに再婚を勧められても応じなかったのですが、七年後に義母と再婚しました。義母は父よりも二七歳年下で、会津出身の人で、雰囲気が母と似ていました。その間に妹も私も弟も全員結婚したんですが、妹と私が家を手伝って父の世話をしていました。妹が実家の医院の従業員扱いになっていて、私は塾だとか大学の研究室の助手のアルバイト、自宅での家庭教師などをやって貯金して勝手にイギリスに自費留学したりしていまして、父には「頼むから一度は結婚してくれ」とほとんど泣いて頼まれ、こんなヘンな自分でも受け入れてくれそうな男性がいそうなサークルなどにアタリをつけて、哲学の読書会で出会った新聞記者の人と意気投合したので、同年齢お友達結婚してもらったのでした。その読書会の主宰の先生に、「なんで結婚するんだよ君が」と聞かれたので、「親孝行のためです」とバカ正直に答えたら、周りが爆笑大受けで、「人のせいにするのかよ」と先生にも突っ込まれて笑われました。でもそこが自分としては正直なところだったのでした。

ともかく自分でも周りが見ても結婚に向いてないキャラの自分、ディンクスやってる頃は何とか仕事と家事の両立できていて良かったのですが、六年後に子供が生まれてから出産の後遺症でいろいろと病気をしてしまい、まあえらい目に遭いましたし、父や妹そしてダンナにも迷惑をかけるハメに。それでも仕事を続けようとして、全部やろうとすればするほど泥沼にハマって、完璧にメンタルフィジカルダウンしてしまいました。父はそれでもずっとサポートしてくれていたのですが、ほんとに申し訳なかったと思っています。父だけじゃないんですが、いろいろと多方面にご迷惑おかけしてしまい、よく今まで生きてこれたもの、子供達が無事に育って社会人になってくれて本当に助かった、これも全て周りの皆様のおかげであり、親の恩であると、感謝と反省しきりなのであります。

たまたま最悪のタイミングで、子供が生まれた二年後くらいに、それまで修業していた文章書きの作品を、これから育児に入るから記念受験ダメもとの気分で、いろんなローカルな文学賞に応募してみたら、いくつか引っかかってしまい、それまで良好だった文学上の人間関係が悪化するという事態になりまして（ずっと親切だった文学仲間の先輩男性がいきなり手の平を返してよそよそしくなったり、陰湿ないやがらせをしたり、陰口をたたかれるようになりショックでした）、病気に育児に仕事に家事にと負担が一気に押し寄せ、自分で全部どうにかしようとしても無理で、ストレスが益々体とメンタルに響いてきてしまいました。父は何かとバックアップしようとしてくれて、ダンナの親族関係にちゃんとケアできなくなってすまないと謝ってくれたり、資金援助してくれたり、文章書きや翻訳の仕事を干されているときには医療事務の仕事をさせてくれて仕事を教えてくれたりと、何とかして仕事と家庭生活の両立のサポートをしてくれていました。ものを書いていないと生きた心地がしない、人とコミュニケーションがとれないという、はたから見たら贅沢な私の悩みをよく理解してくれていたのが父と妹でした。父は孫のために、それから娘のために精一杯サポートしてくれたのです。この親心にはいくら感謝しても足りないと思っています。親に受けた恩を、子供達に返さなければと思いつつこれを書いています。

父は七〇歳くらいからパソコン通信を始めて、ニフティサーブなどでネット上の句会に参加して俳句を作っていました。近所の三〇代くらいのエンジニアの男性に家庭教師に来てもらい、パソコン操作を教えてもらっていて、出身校である旧制水戸中学の後身である水戸一高のメーリングリストにも参加して、若い後輩たちに混じってシーラカンス扱いされていました。高校の蹴球部の同窓会などには必ず参加していました。ともかく一生青春気分だった父は、オフ会などがあるとルンルン気分で水戸まで行って四〇歳以上若い後輩の女性とツーショット写真などにちゃっかりおさまっていたりしました。

父は自宅改装して夜間開業していたのですが、近所に住む患者さんの中に俳句雑誌の「鶴」の編集長さんがおられまして、その方が末期がんとのことで、丸山ワクチンをご本人の希望で試していました。俳句好きの父はよくそのことを話題にしていたようですが、患者さんはやがて亡くなったとのことです。父はずっとネットの句会に参加して相当数の俳句を作っていましたが、父の死後原稿をまとめて句集でも作ろうかと思ったら、義母が処分したとのことなので、覚えている父の句を一句ここに残しておきます。

父のことにつきましては、三、四〇年前なのですが、永井明先生という方が『ぼくが医者をやめた理由』という本を出され、そこに先輩の大川先生という仮名で出ています。モデルになっているだけとはいえ、やけに良く書かれていたのですけど、まあ父も変人でしたし、こういうタイプの人とは気があったのでしょうね。

父は八〇歳をこえてからだいぶ衰えがきて、八三歳くらいからは認知症が出ていましたが、義母が介護をしてくれて、八六歳で脳幹出血で大往生を遂げました。ずっと旧制高校生のメンタリティのまま、普通の人の二人分の濃い人生を送ったので、幸せだったのではないかと思います。晩年に私の病気と家庭のゴタゴタで迷惑をかけてしまった、心配をかけてしまったことが返す返すも悔やまれるのですが、ともあれ一度は結婚し、孫に会わせてあげられたこと、父よりも先に死ななかったことは親孝行できたのかなあ、などと自問自答をくり返しています。父は息子と娘を可愛がってくれまして、今デザイナーになっている娘の絵を見て、「この子はこれで食っていけるんじゃないか」と見抜いていたのは父だけでした。この人も、自分の親ながら、過剰なエネルギーと生命力のある人だったですね。もしもまた会えるとしたら、感謝の気持ち、申し訳ない気持ちをまず伝えたいものです。

「林家の人々」というテーマで、もういなくなった父方の親類につきまして書いてきましたが、これはあくまで身内に伝わる口承伝承でありまして、まあ古代のオーラルヒストリーみたいなものです。身内向けに誇張があったりとかギャグが入っていたりしますので、史料としては使えないでしょう。私版『百年の孤独』なんておこがましいこと極まりないのですが、学生時代に読んだ『ブッデンブローク家の人々』だの『楡家の人びと』だののことを思い出しつつ、ヘタなまねごとをしてみました。「うちも似たようなもの」なんて、この一〇〇年以上の日本近代史の中にあったある日本人のファミリーの記録として何か近いものを感じていただいたり、今後また大きな歴史の転換、社会変動などに巻き込まれた際、未来の子孫の人たちが何かの参考にしていただき、災害に遭った場合の対処の仕方とか、復興の仕方についても考えていただければ幸いでございます。

2　山口家の人々

母方のルーツ

さて、今度は母方のルーツに関するオーラルヒストリーをご紹介いたします。母の実家の山口家は九州佐賀県嬉野町のとある小さな山村でして、多分先祖代々ここに住んで農業を営んでいたものと思われます。嬉野は温泉と嬉野茶で有名なんですが、ここの温泉は、何やら古代の神話時代に神功皇后が入浴し、「うれしいのう」と言ったことが地名の由来になったと聞いています。母の実家には高校生の時と二〇代後半の時に二回行っただけなのですが、昔の農家らしく広々としていて部屋の数は多かったんですけど、電気は通っていたものの水道がなく、近所の湧き水や井戸の水を村のみなさんで共同で使っていました。もう四〇年以上前のことなので、今は水道設備もあるかと思うのですが。村はみんな血縁親類らしくて、姓が三つぐらいしかありませんでした。まあ田舎にはありがちなことなんですが。

佐賀出身のお笑い芸人はなわさんが、佐賀の自虐ご当地ソングを歌って一時ブレイクしていましたが、「さが〜何もない〜」とか、「佐賀は福岡の植民地」なんてフレーズや発言が笑えましたね。とはいえ、佐賀には邪馬台国の候補地である吉野ヶ里遺跡がありますし、佐賀藩の藩士が江戸時代に『葉隠』という武士道のマニュアル本を書いたりして、明治初期には佐賀の乱もありましたし、まあサムライ精神の根拠地の一つではあるようです。鍋島藩の猫騒動なんてお家騒動の話も大衆向け娯楽ストーリーの一つになっていますね。佐賀の乱はその後の熊本の神風連の乱（アメリカ映画のラストサムライのモデルになり、三島文学に影響を与えた）、鹿児島の西南戦争と比べて規模がショボイので目立たなくなってしまってますが、九州で明治初期に頻発した士族反乱、その後自由民権運動として四国から全国に広がっていく動きのごく初期の段階として歴史に残っています。今ですと、ソフトバンクの創業者の社長さん孫正義さんが佐賀県出身の在日三世だそうです。

母の実家は山口家というのですが、そこそこの広さの野菜畑を耕し、近所の山の林業などもやっていたようです。母の長姉、その長男一家が家を継いでいましたが、高校時代に行ったときは、食事時には叔母が畑で大根などの野菜をとってきて料理してくれ、その新鮮な野菜がとてもおいしくて驚きました。お風呂が五右衛門風呂だったのも印象的だったですね。そして、九州では男性ファーストなので、弟が最初にお風呂に入り、お米も新鮮なものを最初に出されていて、待遇が全然違うので異文化ショックを受けました。夜は星が降るように見えて、天の川もはっきり見えるので星マニアには嬉しかったのですが、どっぷりとした田舎の夜の闇は怖くも感じました。佐賀の家ではラジオをつけていると朝鮮語の放送がバンバン入ってきます。やはり地理的に朝鮮半島に近いんだなあとつくづく思いました。

祖父はともかく酒飲みで酒乱で、ダメダメだったという風に伝わっているのですが、農業や林業はちゃんとやっていて、男手一つで四人の娘を育てていたストレスをお酒で紛らしていたのかもしれないと思います。祖父が仕事で山の中に入ったら、キツネに騙されて道に迷い、山で一晩明かしたことがあるなんて話を母がしていたのですが、こういう今なら迷信トンデモ非科学的オカルト話と決めつけられそうなストーリーが、昔の日本の田舎の農村だの山村では日常会話の中で全く違和感なく話されていたようです。この間『日本人はなぜキツネにだまされなくなったのか』という歴史哲学者の本を読んだら、一九六五年くらいまで当たり前に農村の日本人はキツネにだまされていて、まあそれは高度成長期の第一段階が終わった頃で、欧米的近代合理主義、科学的思考を正しいものとする価値観が日本社会に浸透した時代ということになりますね。つまり、一九六五年くらいまでは、ローカルな日本人はいまだ古代から続く自然や野生動植物たちと共生していたフォークロアの世界に住んでいたということなんでしょう。ちょうどこの一九六五年頃、私は能登半島の山の上のサナトリウム付属の職員宿舎に住んでいた小学生だったのですが、金沢大学教育学部出身の担任の男の先生が、「金沢大学の寮に伝わる七不思議」の怪談話を聞かせてくれて、だいたい子供はお化けが大好きですから、最高にワクワクして聞いていました。今ならば、「大事な授業時間にそんな非科学的な話をしないでください」なんて親からクレームがつきそうだし、一九九五年のオウム事件以来、昭和の頃には人気ジャンルだったオカルト話とか怪談とかうっかりしたりすると、何か変な宗教の人じゃないか、嘘つきじゃないか、迷信深い非科学的人間じゃないか、なんて変に疑いの目で見られたり軽蔑されるようになったので、軽々しくそんな話ができなくなったのは残念です。

これも根拠がないので適当にスルーしてもらいたいんですが、九州には邪馬台国があったという説もありますし、弥生時代からの巫女の伝統のようなものがあるようです。表向きとても男尊女卑が強いんですけど、家庭内では女性の精神的影響力が強くて、母方の女性の親類はなんだかみんないわゆる霊感みたいなものがありまして、「こないだあんたが夢に出てきたから」なんてわざわざ電話をかけてきたりします。夢の話をするのが日常会話で普通で、私もお化け話が好きで、学生時代にはしょっちゅう友人とそういう話をして楽しんでいました。塾で先生のバイトしてた頃は、お化けの話をサービスすると生徒が大喜びするため、まずは生徒の心をつかむためにお化け話をしていたことがあります。それで生徒たちが「きゃーこわいー」などと騒いでいたら、隣の教室の真面目な先生から怒られたことも。今だったら「先生がそんな非科学的なことを信じてると保護者に思われると困ります」なんてクビになるかもです。ただファンタジー話として面白いから好きなだけで、信じてるわけじゃないんですが。楽しみの子供にウケる芸の一つが封印されてしまい、全く窮屈な世の中になってしまったなんて思うのはバアさんの感慨でしょうねやっぱり。

話がズレましたが、「夢に出てくる人は自分のことを思っているから」という発想は『万葉集』の歌にも出てくる古代的思考そのものですね。母方親類はまあそういう世間的には非常識な素朴な原日本人的常識を共有してたんですけど、父方は理系が多いし、父なんかは唯物論者だったのでそういう話はハナからバカにしていて却下してました。母方祖父は山に入ってせっせと植林をしていたようなんですが、その頃から八〇年経って、今頃はその木が立派な大木に育っているのではないかと想像します。酒乱ダメ人間として伝わる祖父も、しっかりと男の仕事をしていたわけですね。いつか息子たちにその木を見に行ってもらって、「これがひいおじいちゃんの残した仕事なんだ」と思ってもらえたら、祖父も喜んでくれるんじゃないかなんて勝手に思っています。

母大島佐美

母は母親を一二歳の時に亡くしており、こちらは父子家庭でした。祖父が四人の娘を育てたわけです。生まれたのは八人くらいいて、中には男の子もいたらしいのですが、当時よくあることで幼児のうちに亡くなってしまったそうです。最初は五人姉妹だったのですが、一番上のお姉さんが勉強ができたそうで、当時日本の一部であったソウルの学校に行きました。ところがそこで病気にかかり、祖母が看病に行って一緒に病気になり、二人とも亡くなってしまったとか。祖父がソウルに渡って二人の遺骨を持ち帰ったのですが、村に戻ってきて道を歩いていたら、ちょうど一二歳の母が歩いているのに出会い、「ああこの子に母親のことをどうやって伝えたらいいんだろう」と胸が痛んだと話していたと母に聞きました。姉妹の末娘である清瀬の叔母はまだ二歳くらいだったので、すでに一八歳くらいになっていた一番上の叔母が母親代わりになって妹たちの面倒をみていたそうです。

祖父には一度も会ったことがないのですが、実家にあった写真を見たら、私の弟に似ていました。アル中気味で酒癖が悪かったという点も似ています。母が弟を溺愛していたわけが分かる気がしました。祖父はふだんはおとなしい人だったけど、お酒を飲むと人が変わってしまって、なんてことを母が言っていました。だから母は酒飲みとだけは結婚しないと心に決めたそうです。母のすぐ下の妹である長崎の良枝叔母は、母は女学校で頑張り屋で運動もできたなんてことを言っていました。戦前に少女時代を過ごした母は素直な性格でしたので軍国少女になって、従軍看護婦になることを決めました。当時は女学校でも軍事教練なんてものがあり、竹槍の訓練だとか、赤穂浪士討ち入りの日には雪道をはだしで走ったりということをやらされたそうで、いくら素直でナイーブな一〇代の母でも、「向こうはマシンガンとか火炎放射器とか普通に持ってるのにこんなんで歯がたつのかなあ」と心の中で突っ込みを入れていたとか。

母は看護婦養成所に入って希望通り従軍看護婦になり、佐世保の海軍病院に配属されました。タイミングがずれていたら、どこか大陸や南方などに送られた可能性もあるので運が良かったかもしれません。終戦の年の一九四五年には佐世保も海軍基地が狙われて空襲を受け、母は敵機に追いかけられて機銃掃射を受けたそうです。もうダメかと思った時、親切なおじさんが「ここの防空壕に入りなさい」と近くの防空壕に入れてくれたので助かったらしいのですが、ここでやられていたとすれば、今私は存在していないわけですね。八月九日の長崎の原爆投下の日に、長崎方面に「いやな感じの雲」が出ているのを母は目撃しました。佐世保は長崎に近いですから、従軍看護婦さんなどは医療救援で長崎に派遣された可能性も考えられるのですが、その事実は確認できず、母もそのことは言っていませんでした。ともかく戦争中のことはイヤな思い出ばかりだから思い出したくないとのことでした。佐世保の空襲の次の日には市内に死体がゴロゴロしていてゾッとしたのだそうです。

八月一五日の終戦の後には、いったん佐世保を離れて実家に戻り、そのあとどういう関係からかは分からないのですが、長崎の男性と結婚が決まりました。浦上の爆心地の近くの焼け野原にバラックのような小屋を建てて新婚生活が始まったのだそうです。当時母は二〇歳をこえたばかりでしょうか。男の子二人生まれたのですが、ともかく劣悪な生活環境とダンナのDVが原因で、母は赤ちゃんの次男だけ連れて佐賀の実家に戻りました。終戦後の食料不足で栄養事情が悪かった時代ですから、母乳の出が悪く、赤ちゃんは栄養失調で亡くなってしまったとのこと。この父親違いの二人の兄ですが、多分団塊の世代あたりだと思います。上の兄はダンナのところに残ったそうなので、もしかしたらまだ健在かもしれないのですが、その後連絡が途絶えていて、どうなったのか分からないのです。長崎市内に住んでいる叔母たちも消息は分からないと言っていました。この兄たちのことも、ともあれここに記録をしておきたいと思います。

母はそのあと単身で東京に出て、田無の病院に勤めるようになり、そこで父と出会って結婚することになります。こういう経緯があったこと、母が再婚であったことは、母の死後にようやく父や叔母から聞いて知りました。子供を亡くすという最大の不幸、逆縁を体験した母が、なぜ私たち三人姉弟の末の弟をあれだけ大事にしていたのか、後からよく腑に落ちることがあったのでした。母はともかく優しくて、人の悪口を言うこともない人でしたから、その母が早くに亡くなったこともあって、私の中で女性が理想化されてしまいました。あらゆる苦難を経て、人生の苦しみや人間性の良い面悪い面全部知ってしまった後で、あれほどに穏やかで優しい思いやりのある人格ができたのでしょうか。母は苦労人でしたが、それで却って他人に優しくなれる、本当の意味で苦労に負けない強い人だったのだなあとつくづく思います。あれほどいい人というのを私は他に知りません。息子がちょっと性格が母に似ていると感じることがあるのですが、いい人過ぎるというのも危険かなあと却って心配になります。

母が優し過ぎたというのも、後から現実を直視できなくて生きにくくなった原因の一つかもしれないのですが、それでもあの母の子に生まれて自分は幸せであったと心から思えます。私は内面が父とそっくりだったので、母は私のことを父に対するのと同様にサポートしてくれて、ぼおっと夢想にふけるままにしてくれていたわけです。実務能力生活能力のない私の足りないところを補ってくれていたのが母であり妹でした。外見に似ず心の優しい繊細な弟も含め、家族に恵まれていた私はいくら感謝してもし過ぎることはありません。

両親が医療従事者でしたので、人が病気に理解があるのは普通のことだと思い込んでいたのですが、現実にはそんなことはなく、多くの人が病人は面倒とか迷惑と思っていたり、何するか分からない人みたいに偏見の目で見られて警戒されることもあるんだということ、後で自分が病気になってやっと知ったのですが、そっちのほうが世間的には普通で常識的なんですね。女性がみんな母みたいな人ばかりだと思ったら大間違いなのです。当たり前なんですが。多くの女性が病人に冷たいものだというのは現実としてしっかり受け止めないといけないし、多くの女性は人の悪口を言うのが普通だしそれでストレス発散してるもんなんだなあということも、最初は現実を受け入れられずメンタルダウンしてたんですが、ようやくこの頃（遅過ぎですが）「これが普通ふつー」と思えるようになりました。女性に限らず、他人にはヘンな理想だの幻想だの抱かない、人に期待しないようにする、という大人なら当たり前のことがようやくできるようになったのです。還暦過ぎてコレというのは恥ずかしくみっともないことなんですが。

まあ、いまだに女性に嫌われるのはイヤで、そういう雰囲気を感じると固まってしまいますけどね。これがビョーキだというのです。子供の頃から同性ウケを異様に気にしてしまい、わざと男役を引き受けたり、ともかく他の女性をたてるようにしてきて、恋愛よりも友情を優先するなんてことになってるのも、自分では生き方として選んでいるつもりなんですが、いまひとつうまくいかないのが不器用なんですね。大学の女友達で、ちょっと外見地味な人がいたんですが、その人と一緒にいる時はひたすら男っぽく振る舞い、相対的に彼女が女らしく見えるように演出して、彼女をモテキャラにすることに成功したことがあります。私としてはそれで友情を示していたつもりだったんですが、引き立て役として機能している間は彼女も親切だったんですけど、ある時私が風邪でダウンして男役を演じられなくなったことがありました。たまたまその時一緒のグループにいた他の男性が私の世話を焼いてくれたので、有り難かったんですが、友人の彼女にすっかり私は軽蔑されて冷たくされました。病気になったのはわざとでないのに、まるで私が男性の注意を惹き付けるためにそうしたみたいに彼女が取ってしまい、怒りをぶつけられたので、病気のときにきつく当たられるとものすごくこたえる私はガッカリしました。母が自分の中で女性のモデルになってるので、病気のときにはともかく優しくしてほしかったんです。だからこそ男役を演じて彼女に尽くしていたつもりだったんですが、そのあたりが甘かったですね。女性はだいたい弱い同性を嫌うものだとその時分かり、その後女性の目を意識して無理にでも強がるようになってしまいました。そんな生き方が無理を重ねてストレスためて自分の体を壊していった原因かもしれず、全く自業自得なのであります。女性に限らず人に期待なんかしちゃダメなんですよ。あれれ？　これってマザコンなんでしょうかねえ？

勝手におかしなループにハマって自分で苦しんでるだけなんですが、まあそれぐらいに私にとって母の存在不在は大きかったということですね。母のような母親にはなれないにしろ、少なくとも『坊っちゃん』の清みたいなキャラにはなりたいな、と思って子供には接してきました。持病が多いので現実的な世話は行き届かなかったんですが、せめて精神的に守りたいとひたすら願ってきました。

母は弟が大学入学を決めた後、力尽きたように倒れてそのまま亡くなりました。一九八一年四月のことで、母は意識が戻らず一〇日後に亡くなったのですが、ちょうどその年はその時期に桜が満開で、桜の花の美しさがやたらと哀しく見えたのを覚えています。「願はくは花の下にて春死なんその如月の望月のころ」という西行の歌を思い出し、母の遺影の隣にその歌を書いた紙を貼っておきました。五五歳は早すぎました。友達が多かった母の葬儀にはずいぶんたくさんの人たちが来てくれたのを覚えています。最後まで家族のために働いて、やるべきこと全部やってそのまま倒れた母は幸せだったんだろうなと思っています。

叔母永野良枝

母の一歳年下の妹が、この長崎の叔母でした。一番上の姉は嬉野の実家を継いでいたので、嬉野の伯母さんと呼んでいたのですが、私には九州弁というのは全部同じに聞こえるんですけど、長崎の叔母によると、九州でもエリアにより言葉が違っていて、嬉野のおばさんの言葉も分からないことがあるということでした。長崎弁は、『ペコロスの母に会いに行く』という岡野雄一さんの介護マンガで出てくるので分かるかと思いますが、案外と首都圏の人間にも分かりやすい方かと思います。

高校一年の頃、中学生の妹と小学生の弟三人姉弟で電車を乗り継いで長崎まで行ったことがありました。当時はまだ九州新幹線はないし、飛行機も一般的ではなかったので、延々と電車で東海道、山陽と行って、福岡で九州のローカル線に乗り換えたんですが、九州に入るといきなり風景が変わって、家並みなんかも本州と違う感じがしました。駅では乗り遅れた人を電車が待っていたりするし、なんともはやのどかでした。夏の長崎は暑かったんですけど、ちょうど精霊流しのお祭りに当たり、川や海に流す大小の船を携えた人達が道を練り歩いているのを見ました。市電に乗って市内観光させてもらったりしたような覚えがあるのですが、原爆資料館には行きませんでした。お土産のカステラがとても美味しかったです。

長崎の叔母のうちは一人娘の従妹がいて、私より一歳年上でした。クミちゃんというのですが、ずっとピアノをやっていて、東京の音大の短大に進み、声楽をやっていました。このクミちゃんという人がムダに明るい子で、大学入試の面接の時にも質問に答えられなかったので「あははは」と笑ってしまったところ、場がなごんだので合格したとか。母は私がシャイで口べた、ネガティブ思考なところがあるものだから、「クミちゃんを見習いなさい。ああいう子のほうが得するのよ」などと言っていました。クミちゃんはしばらく清瀬の叔母のところに居候して短大に通い、それから会社に就職して新宿で一人暮らしを一年やってから長崎に戻りました。大学時代に一度新宿のクミちゃんの下宿に泊めてもらったことがあるのですが、四畳半でベッドは手作り、クミちゃんはけっこう濃いメイクをしていましたっけ。

長崎の叔母は当時の長崎経済大学の生協の食堂でパートをしていまして、生協職員の青年と同僚になり、その人が冗談で「おばさん娘さんいる？　紹介してくれない？」と言ったので、「あんたと結婚したら孫が目がなくなってしまうとよ」と答えたそうですが、それはその人が目が細く、クミちゃんも目が細かったからです。けれども結局その冗談がリアルになってしまい、クミちゃんは結婚を決めました。「冗談で結婚したとよ」とクミちゃんがけろりと言っていました。クミちゃんは家でピアノの先生をやって共稼ぎで二人の子を育てました。クミちゃんの息子さんは、日本史オタクで歴史を専攻し福岡の大学に行って会社員をやっているとか。娘さんはやはりピアノがうまくて音楽の先生になり、今は結婚して山口県の教員なのだそうです。

母が倒れたときに、この長崎の叔母と嬉野の伯母が一緒に私の大船の実家に来て泊まっていたのですが、「これからあんたたちがお母さんがいないと困るのにねえ」と言っていまして、実際、その後母がいなかったために私の育児のメインサポートがなくなり、悪戦苦闘したのですが、叔母は「近ければ手伝いに行くのに」などとハガキに書いてくれて心配してくれました。クミちゃんはこの叔母のサポートで共稼ぎも子育ても両立できたようです。嬉野の伯母は、母の葬儀のときずっと泣いていまして、その姿に何か感動させられました。嬉野の伯母は一番年長だったのでそのあと一〇年くらいで亡くなったらしいのですが、長崎の叔母は九〇歳を超えるまで長生きして、最後のほうは認知症になっていたそうです。叔母は去年とうとう病院で亡くなったのですが、三ヶ月ぐらいして私の息子がクミちゃんを訪ねて長崎に旅行し、いろいろと話をして長崎案内もしてもらいました。息子もこちらの地元の生協に勤めているため、クミちゃんの団塊世代のダンナ様とも話が合ったようです。長崎の叔母は母と顔が似ていたのですが、ぽっちゃり体型でおっとりしていました。もう会って話ができないのは残念ですね。あのちょっとすっとぼけた感じの長崎弁の響きが忘れられません。

従妹小美野カツ子

「かっちゃん」と呼ばれていた従妹は、嬉野の伯母の娘で、一〇代の頃から清瀬の家で家事手伝いをしていました。清瀬の叔母の家は地元で三代続く商店で、人の出入りも多く、叔父の母親のおばあちゃんも同居、さらに四人姉妹がいましたから、大家族で商売も忙しいので、かっちゃんがいろいろと手伝っていたようです。こういう親類同士で住み込み手伝いさせたりなんてことは昔はよくあったことですね。かっちゃんはぽっちゃりしていましたが、口数は少なく、黙々と家事仕事をこなしていました。清瀬の叔母の商店には「まあちゃん」と呼ばれていた番頭さんが勤めていたのですが、叔父が社長でこの人がナンバー2、部下はなし、といったところです。まあちゃんは埼玉出身だったのですが、江戸っ子ぽい気質でおしゃべりが好きでした。弟と仲がよくてよく野球のことなど話していました。

この番頭さんのまあちゃんと、かっちゃんがいつの間にか結婚して夫婦になりました。間に入ったのは叔父と叔母だったようです。二人は子供ができなかったのですが、所沢に家を建てて、そこに招かれたこともあります。まあちゃんは、六〇歳の時に胃がんにかかって亡くなりました。いつも商店の中で会話の中心になっていた賑やかな人だったので、みんな寂しがっていました。「なんかまたひょいとここに来そうな気がする」などと叔母が言っていましたっけ。かっちゃんは一人になったので寂しそうでしたが、清瀬の家にしょっちゅう出入りさせてもらっていて、ベーカリーでも働いているなんてことを聞きました。
かっちゃんは、ダンナさんの後を追うようにして、五年後くらいに膵臓がんで亡くなりました。数ヶ月前まで元気そのものだったので驚いたと叔母が言っていました。「まあちゃんに呼ばれたんじゃないかな」なんてことを珍しく弟が口にしていたのを覚えています。かっちゃんもまだ六〇代前半くらいだったかと。黙々と仕事をする働き者のいかにもの九州女風の人でしたね。かっちゃんが最後に「お年玉」と言って私たち姉弟に一万円ずつ渡してくれたのですが、それで記念にピアスを買って、かっちゃんのことを時々思い出すようにしています。

母方の山口家の親類で今はいなくなってしまった人たちの思い出を書いておきました。ルーツは佐賀県嬉野町の小さな山村です。母方の血縁ですと、次世代がそれぞれスポーツとアート分野で活躍しておりまして、清瀬の叔母の末娘の次男Y・Nがプロテニスプレーヤーとなり、日本でも五本の指に入るぐらいの成績で、現在二二歳、一年中世界を転戦しています。兄もテニスコーチとして弟のサポートをしています。妹の一人娘も大学の生涯スポーツ学科を出て、ずっとテニスのコーチのアルバイトをしていましたが、現在スポーツ用品の会社で働いています。長崎の従妹の娘は音楽の先生として働き、私の娘はデザイナーとして美術分野でがんばっているところです。

「好きなことに集中し、コツコツ練習を重ねる」ということと、ひらめきのようなものがある母方の血筋の傾向が職人系の生業に結びついているケースで、全国放浪して寅さんみたいな生活をしている子もいたりするんですが、そのあたりは紙一重というところでしょうか。

父方次世代は、国際弁護士になって環境問題などに興味を持っている従弟の娘とか、関西の老舗建設会社のエンジニアになっている従弟の息子、技術系公務員になっている腹違いの弟など、どちらかというと理系分野の職人さんが出てきていますね。

「好きなことを仕事にする」という夢といいますか、ビジョンを次世代が引き継いでくれているので、つなぎの世代としてはほっとして肩の荷が下りたなあという気がしています。何かに集中してそればかりやってしまうという職人オタク系のメンタリティは、突出や過剰性が嫌われる環境ではなかなか理解が得られないですが、次世代はどうにか環境に恵まれて、周りの方々にも恵まれて、仕事にできているようなので、ラッキーだし有り難いことであると感謝しきりです。そのための地ならしといいますか、一粒の麦の種になれたとすれば、親世代として幸せなことです。

私が四〇年前に当時としては婚期を逃して二〇代後半になったとき、比較文学の研究者になりたいという希望を父に言うと、「ともかく一度は結婚しろ。文学研究やっても女だとなかなか仕事がないし、貧乏することは目に見えている。結婚もしないで稼ぎもなかったら、親から見て可哀想に見えるんだ」「金にもならない研究なんてさせてくれる男なんていない」「仕事を手伝ってくれて引き上げてくれるような男なんてまずいないぞ」と、父にしてはリアリズムなことを言われたのですが、全くその通りでありました。「家事をちゃんとやってダンナに尽くさないと」などと言って、病弱な私が完璧に家事と文章書きや翻訳・家庭教師などの仕事を両立できなくなったことについて、あれだけプライドの高い父がダンナや嫁家にひたすら頭を下げてくれていました。孫たちのために家庭が破綻しないように必死でサポートしてくれ、しかも仕事を続けたい、書いていなければ生きていけないという、なかなか人に理解されない我が儘な苦悩を誰よりも理解してくれて、手伝ってくれました。妹も弟もそうでした。こんなに家族に恵まれていなかったら、私はこれまで生きてこられなかったと思います。精一杯一緒にいてくれたダンナにも申し訳なく会わせる顔がございません。

仕事をサポートしてくれる男なんていない、という父の言葉は、当たっていましたけどはずれてもいました。息子が誰よりも私の苦悩を理解してくれて、サポートしてくれたからです。最低限の生活を支えてくれているのは息子であり、父の残してくれた遺産であり、息子が書けるうちに精一杯書いたらいいよ、と背中を押してくれました。周りのお友達などたくさんの方々が支えてくださったので、どうにかまだ書くことができて、生きていられています。自分の力でやれていることではないので、できる限り誰かのためになるような仕事ができたらよいのですが。もの書きになるような人間は、何かに取り憑かれた脳の病気なんだと文学の先輩の先生が書いておられましたが、これだけ多くの方々にご迷惑をおかけし、サポートしていただいた以上、せめて誰かの癒しになったり、参考にしていただいたり、楽しんでいただけるようなものを作らないと申し訳がたたないです。

自分は書かないといられないし、コミュニケーションもできないのですが、本来は古くさい原日本人的性格の人間ですから、目立ったらいけないと思うし、ものを書いたりするのはワガママなことで、はた迷惑でいけないことだという原罪意識があるんですね。その罪悪感のために余計に心身が壊れるのですが、書くことのせいで壊れたものは、結局は書くことによってしか修復もできないと分かりました。

次世代へのつなぎの仕事ができたなら、良かったと思うのですが。

あとがき

半世紀以上、本を読むこと、文章を書くことが好きで、ひたすら愚直に続けてきた単なる初老のおばさんです。極端な内気でしゃべるのが苦手なので書くことでコミュニケーションするしかなかったとか、いろいろ個人的事情があるのですが、六〇歳をこえて多病持ちとなり、そろそろ終わりも見えてきたため、ただの同人誌作家が本を作るなどきわめておこがましいことながら、紙メディアのサポーターとして八〇年三代にわたり読書を愛してきた大島家とその周辺。特にひたすらピュアに文学に憧れたまま一生を終えた永遠の文学青年・父大島輝也の思い出を記録に残しておきたいと思い、恥を忍び、多くの友人・家族・先生・先輩・後輩の皆様にも後押しいただいて地元出版社・港の人にお願いいたしました。

あらゆる芸術・芸能文化・スポーツなどなど、それを生業とできる人はほんの少数で、下支えをしているのがアマチュア・セミプロ、そしてファン・サポーターなど消費者ですね。また、家族やパートナーなどの理解や支えがなければクリエイティブな活動を続けられません。そんなことは当たり前なのですが、インターネットが普及し、消滅の危機がとりざたされる紙メディアとともに、その底辺でサポートしながら生きてきたただの人が、二〇世紀終末から二一世紀前半までの時代の転換期に考えていたこと、感じていたことを後の人たちに伝えられたら幸いです。

勝手ながら、三〇年以上マンガ同人誌「せらび」の仲間として長いつきあいを続けてきた江戸川さん、いがらしさん、そして妹まゆ子のマンガ作品、イラストも掲載させていただきました。三人とも二〇代のころ少女マンガ雑誌で担当さんがついたことがあったり、新人賞優秀作に選ばれたことがあり、その後校正や図書館データベース作りの仕事、福祉の仕事などで生計をたてながら細々とマンガを描いていた人たちです。高度成長期、バブルとバブル崩壊後の失われた三〇年という時代の激動の中で無名の市井の女性たちが感じたり考えたりしていたことを、一ページのイラストやマンガ作品からも何か感じとってくれる人がいるかもしれない、そんな奇跡のような出会いを願いつつ……。

高校の三年先輩で、亡くなられた奥様が私の親友であった縁で、仏教芸術史研究の清泉女子大教授・山本勉先生、そして二五年にわたって文芸同人誌「時空」でご指導下さった文芸評論家の菊田均先生に跋文をお引きうけいただきました。

多くの先生方のご恩もさることながら、息子夏彦をはじめとする家族血縁、中学高校ＯＢを中心とした友人知人のみなさまのサポートに心から感謝申し上げます。却ってご迷惑になると申し訳ないのでお名前は書けませんが、お許しくださいませ。

このささやかな記録、この時代の無名の一般女性の心の記録となり、何かを表現すること、そして本を読むことがいかに人生を豊かにしてくれるか、どなたかに伝えられたなら、今どきなかなか価値の認められない酔狂なことをした甲斐があるというものでございますが、せめて害とならないことを祈ります……。

テーマは「復興」「復活」であり、子孫や若い世代の方々に親世代として夢のバトンをつないでいけたならこのうえもなくありがたいのでございますが……。

大島エリ子

平成最後の年、最後の月の桜の満開の日
二〇一九年四月八日記す

初出一覧

外国映画の中の日本人　「ブラック・レイン」をめぐって　『時空』三一号　二〇〇九年一〇月
佐藤史生の作品世界　『時空』三九号　二〇一三年八月
『火星年代記』のことなど　『時空』三八号　二〇一三年一月
司馬遼太郎と『燃えよ剣』　『時空』四四号　二〇一七年三月
座敷童　書き下ろし　一九七四年八月
手塚治虫の記憶　『時空』三二号　二〇一〇年五月
「エイリアン」という現象　『時空』三四号　二〇一一年一月
七〇年代少女漫画の少年像　吉田秋生をめぐって　『時空』四〇号　二〇一四年三月
ヤクルトファンという生き方　『時空』四六号　二〇一八年五月
病める薔薇　吸血鬼伝説をめぐって　『三田文学』一九八九年秋季号
おもかげびと　『時空』四七号　二〇一八年一二月

大島エリ子◎おおしま　えりこ
一九五六年東京都武蔵野市生まれ。鎌倉市在住。
上智大学文学部ドイツ文学科卒業。
一九九二年、『スティーヴン・キングにおける場所と時間』で関西文学賞文芸評論部門受賞。九三年、『映像に見るUSA NOW』でコスモス文学賞評論部門受賞。九四年より文芸同人誌『時空』同人。著書に『ノスタルジックな読書　コミック・シネマ・小説』（港の人、二〇一八年）

おもかげびと

私の愛した文学、漫画、映画と野球

二〇一九年七月二六日初版第一刷発行

著者　大島エリ子
装幀　西田優子
発行者　上野勇治
発行　港の人
神奈川県鎌倉市由比ガ浜三―一一―四九
郵便番号二四八―〇〇一四
電話〇四六七―六〇―一三七四
ファックス〇四六七―六〇―一三七五
http://www.minatonohito.jp

印刷製本　創栄図書印刷株式会社
ISBN978-4-89629-361-6 C0095